国家出版基金项目
NATIONAL PUBLICATION FOUNDATION

安徽省圖書館 編

安徽省圖書館藏桐城派作家稿本鈔本叢刊

戴鈞衡　方守彝　馬其昶卷

北京师范大学出版集团
BEIJING NORMAL UNIVERSITY PUBLISHING GROUP
安徽大学出版社

圖書在版編目(CIP)數據

安徽省圖書館藏桐城派作家稿本鈔本叢刊. 戴鈞衡　方守彝　馬其昶卷/安徽省圖書館編. —合肥:安徽大學出版社,2020.12

ISBN 978-7-5664-2194-4

Ⅰ. ①安… Ⅱ. ①安… Ⅲ. ①中國文學—古典文學—作品綜合集—清代 Ⅳ. ①I214.91

中國版本圖書館 CIP 數據核字(2020)第 272385 號

安徽省圖書館藏桐城派作家稿本鈔本叢刊·戴鈞衡　方守彝　馬其昶卷

ANHUISHENG TUSHUGUAN CANG TONGCHENGPAI ZUOJIA GAOBEN CHAOBEN CONGKAN DAIJUNHENG FANGSHOUYI MAQICHANG JUAN

安徽省圖書館　編

出版發行:北京師範大學出版集團
安 徽 大 學 出 版 社
(安徽省合肥市肥西路 3 號 郵編 230039)
www.bnupg.com.cn
www.ahupress.com.cn

印　　刷:安徽新華印刷股份有限公司
經　　銷:全國新華書店
開　　本:184mm×260mm
印　　張:17
字　　數:72 千字
版　　次:2020 年 12 月第 1 版
印　　次:2020 年 12 月第 1 次印刷
定　　價:270.00 圓
ISBN 978-7-5664-2194-4

總　策　劃:陳　來　齊宏亮　李　君
執行策劃編輯:李　君
責　任　編　輯:李　君
責　任　校　對:王　晶
裝幀設計:李　軍　孟獻輝
美術編輯:李　軍
責任印製:陳　如　孟獻輝

《安徽省圖書館藏桐城派作家稿本鈔本叢刊》

編纂委員會

序言

關愛和

桐城歷史悠久，人傑地靈。立功有張英、張廷玉父子，位極人臣；立言則有方苞、劉大櫆、姚鼐，號令文壇。桐城之名，遂大享於天下。

方苞於一六九一年入京師，以文謁理學名臣李光地，與人論行身祈向，有『學行繼程朱之後，文章介韓歐之間』之語；一七〇六年成進士；一七一一年因《南山集》案入獄，後以能古文而獲救，入值南書房，官至禮部侍郎；一七三三年編《古文約選》，爲選於成均的八旗弟子作爲學文範本；後兩年，又編《四書文選》，詔令頒布天下，以爲舉業準的。方苞論古文寫作，有『義法説』。義者言有物，法者言有序。其爲文之理，旁通於制藝之文，因此影響廣大。姚鼐於一七六三年成進士，一七七三年入《四庫全書》館，兩年後因館中大老，皆以考博爲事，憒而離開，在南京等地教授古文四十餘年，其弟子劉開稱姚鼐『存一綫於紛紜之中』。姚鼐到揚州梅花書院的第二年，作《劉海峰先生八十壽序》，編織了劉大櫆學之於方苞，姚鼐學之於劉大櫆的古文師承關係，引友人『天下文章，其出於桐城』的贊語，使得『桐城派』呼之欲出。一七七九年，姚鼐編《古文辭類纂》，以『神理氣味格律聲色』論文。編選古文選本，唐宋八家後，明僅録歸有光，清録方苞、劉大櫆，爲桐城派張目。姚鼐之後，遂有桐城派之名。

桐城派自姚鼐後規模漸成，名聲噪起。桐城派作爲一個散文流派，綿延二百餘年。其自身的發展大致經歷了初創、承守、中興、復歸四個時期。康、雍、乾年間，是桐城派的初創期。桐城派三祖——方苞以義法説，劉大櫆以神氣説，姚鼐以陽剛陰柔、神理氣味格律聲色説，奠定了桐城派散文理論的基礎；方、劉、姚又以其言簡有序、清淡樸素的散文創作名噪文壇，赢得『天下文章，其在桐城乎』的贊譽。嘉、道年間，是桐城派的承守期。姚鼐晚年，講學於江南各地，門生弟子廣布海内，桐城之學，掩映一時文壇。其中著名者如梅曾亮、管同、劉開、方東樹、姚瑩等人，承繼師説，標榜聲氣，守望門户，各擅其勝。咸、同年間，是桐城派的中興期。曾國藩私淑姚鼐，雅好古文，於戎馬倥傯之中，尋求經濟、義理、考據、辭章的重新組合，試圖以博深雄奇、氣象光明之方藥救桐城派文規模狹小、文氣拘謹之病，并以『早具行遠之堅車』矚望於門生弟子，别創湘鄉派。光、宣年間，是桐城派的復歸期。曾氏四弟子中，惟吴汝綸爲桐城人。吴氏於甲午之後，重提方、姚傳統，抑閎肆而張醇厚，黜雄奇而求雅潔，倡導恢復以氣清、體潔、語雅爲特色的桐城派文，并得到了馬其昶、姚永樸、姚永概等桐城籍作家的積極響應，桐城之學，再顯一時之盛。

安徽省圖書館一九一三年始建於安慶，與桐城派在同一地發祥并成長。安徽省圖書館在一百多年的發展歷史中，以珍貴古籍文獻收藏豐富，特别是本省古籍文獻收藏豐富而爲學術界所矚目。此次安徽省圖書館將館藏桐城派作家稿本、鈔本，以叢刊方式，編輯出版，一定會大有惠澤於學林。我們期望海内外桐城派研究者能早日共享出版成果。

前言

隨著對優秀傳統文化價值的重新認識，近年來，對在我國有極大影響的桐城派的研究也不斷升温。桐城派作家文集的整理出版，爲研究者提供了方便，推動著相關研究的展開。如由嚴雲綬、施立業、江小角主編，被列入國家清史纂修工程的《桐城派名家文集》，收入姚範等十七位作家的詩文集和戴名世等十一位作家的文章選集，總計十五册，一千多萬字。此書的出版有助於改變以往桐城派研究資料零散不足的狀況，也爲學術界開展清代文學史、文化史、思想史、教育史、政治史、社會史等研究工作提供了寶貴資料。

在充分肯定新世紀以來桐城派作家文集整理出版與研究取得豐碩成果的同時，我們不難發現，當前桐城派作家文集整理與研究的工作，與學界的要求和期盼還不相適應，仍然有拓展與提升的空間。桐城派是一個擁有一千多人的精英創作集團，即使如方苞、劉大櫆、姚鼐這樣的大家，仍有不少基礎文獻資料尚待發掘，一些有影響、有建樹的作家，更是鮮爲人知。可以説，基礎文獻整理出版工作的滯後，會影響和制約桐城派研究的進一步發展。

爲了滿足學界對於桐城派資料建設的需要，在人力、物力有限，又想最大限度地保留原書的真實面貌的情况下，我們推出了《安徽省圖書館藏桐城派作家稿本鈔本叢刊》（以下簡稱《叢刊》）。

安徽省圖書館一直十分重視桐城派作家稿本、鈔本的收集，積累了大量的原始文獻。《叢刊》所收集的對象，有方苞、劉大櫆、姚範、姚鼐、光聰諧、姚瑩、戴鈞衡、方守彝、方宗誠、吴汝綸、姚濬昌、馬其昶、姚永楷、姚永樸、姚永概等。桐城派的重要作家幾乎都包括在内。《叢刊》并非泛濫收録，良莠不辨，而是頗爲看重文獻本身的價值，可以説『價值』和『稀見』是本《叢刊》收録文獻的兩大原則。

安徽省圖書館此次將珍貴的稿本、鈔本資料公之於衆，順應了習近平總書記讓『書寫在古籍裡的文字都活起來』的號召，滿足了讀者的閱讀需求。《叢刊》的出版，既有利於古籍的保護，也有利於古籍的傳播，希望對推動桐城派研究有所裨益。

編　者

二〇二〇年三月

凡例

一、《叢刊》采取『以人系書』的原則，每位桐城派作家的作品一般單獨成卷，因入選作品數量太少不足成卷者，則以數人合并成卷。共收稿本、鈔本三十六種，分爲九卷二十五册。

二、《叢刊》遵循稀見原則，一般僅收録此前未經整理出版的稿本和鈔本。

三、《叢刊》大體按照作家生年先後爲序，卷内各書則依成稿時間爲序，或因作品性質而略有調整。

四、各卷卷首有作家簡介，每種作品前有該書簡介。

五、《叢刊》均照底本影印，遇有圖像殘缺、模糊、扭曲等情形亦不作任何修飾。

六、底本中空白葉不拍；超版心葉先縮印，再截半後放大分别影印放置；某些底本内夾有飛簽，則先拍攝夾葉原貌，然後將飛簽掀起拍攝被遮蓋處。

目録

戴鈞衡

味經山館遺詩

戴鈞衡

簡介

戴鈞衡（一八一四—一八五五），字存莊，號蓉洲，安徽桐城人。師事方東樹，道光二十九年（一八四九）舉人。

味經山館遺詩

四卷

味經山館遺詩

《味經山館遺詩》四卷，鈔本。一册，毛裝。半葉九行，行二十四字，小字雙行同，無框格。開本高二十六點一厘米，寬十四點八厘米。行間及眉上有多種批注墨迹。書中校勘浮簽署名題『星岩記』。正文前有手書題識四則。末有咸豐十一年（一八六一）邊汝禮題跋一則并書信一篇。

是書經方宗誠等人批校點評，内容相當於付梓前的修改意見稿及詩作與人物事略評注。其所録詩作、行間天頭工整楷書補注校改字句者，與館藏清木活字版《味經山館遺書》本正文同，而不甚工整的批點字句較該活字本有出入或爲活字本所無。

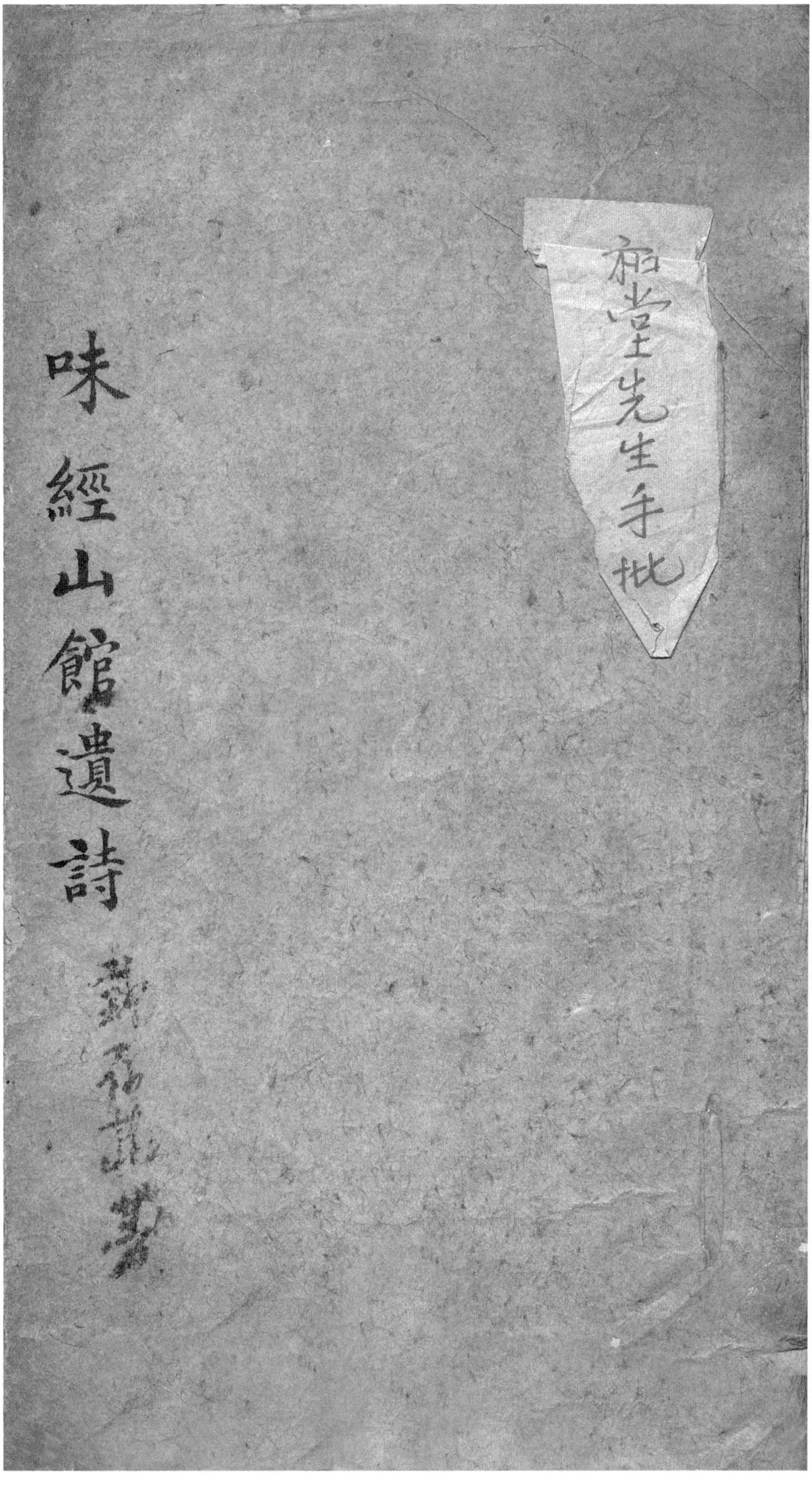

味經山館遺詩
堂先生手批

卷一卷二中縫之味甘荣堂外
集忠昭一卅頁寫

光緒辛巳四月之望讀於蔚臨淮詩時余亦從征臨淮而竟先之
交君賴存之存此遺稿得再讀振綿軍興前後戎事彰義比
山杕杜之詩也　吳尉馮峰拜識

辛巳四月廿二日雨窗余子拜讀一過於題上印
以圈者皆可付梓所附概從刪愛亦石拜識

辛巳孟夏子封先生屬爲代校敬讀一遍其太不經
意之作則以墨圈記於題上付梓時當酌刪之爲是所刊
風格高爽真氣往來可存者多也　邊保樞謹注

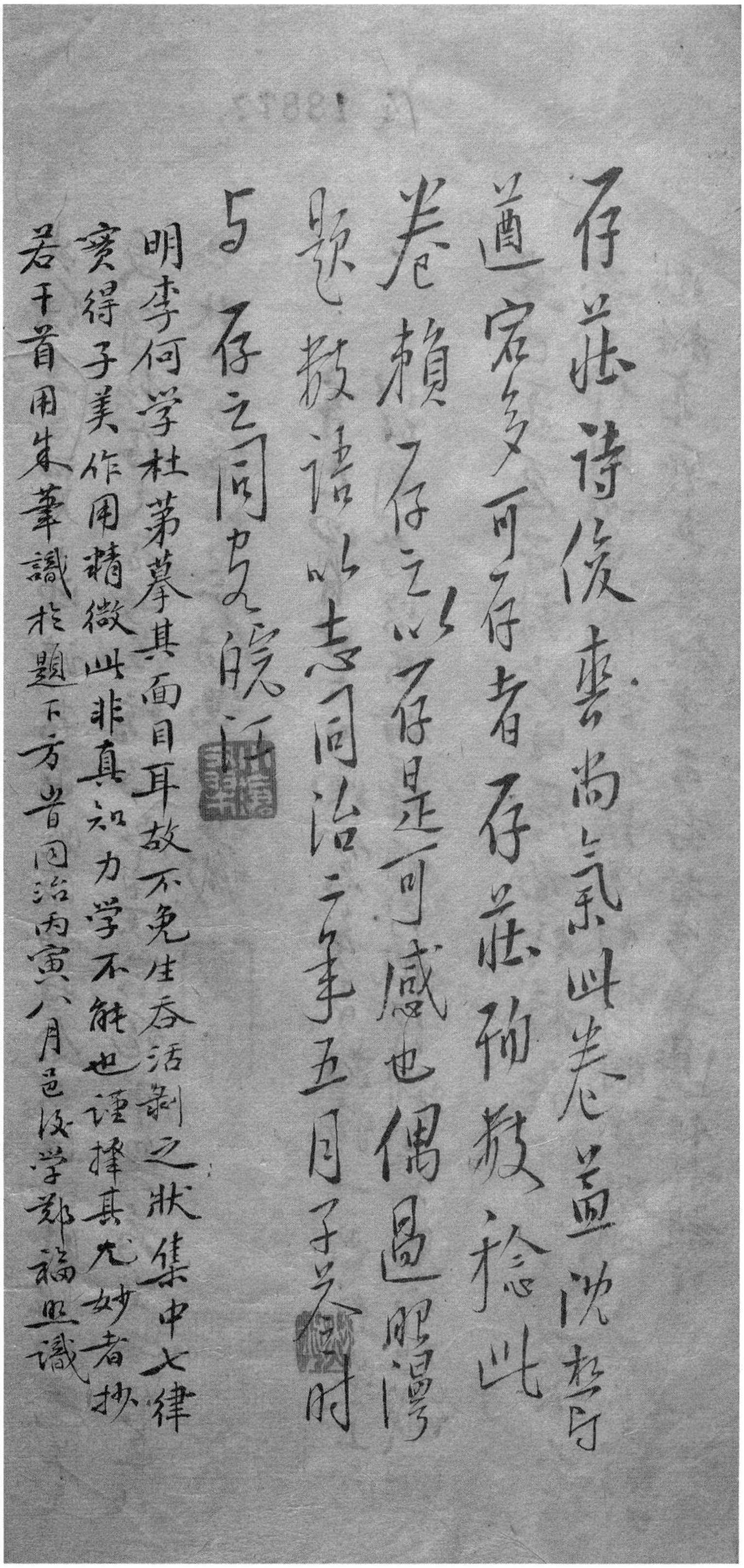

存莊詩俊爽尚氣此卷兼沈摯
遒密多可存者存莊殉難檢此
卷賴存之以存是可感也偶過肥灣
題數語以志同治二年五月子若時
与存之同客皖江

明李何學杜第摹其面目耳故不免生吞活剝之狀集中七律
實得子美作用精微此非真知力學不能也謹擇其尤妙者抄
若干首用朱筆識於題下方昔同治丙寅八月邑後學鄭福照識

味經山館遺詩卷一 辛亥

桐城戴鈞衡著

送董嘯菴司鐸東流

新歲餘殘冬，臘風釀春雪。苦凍轉朝晴，城東走送別。君去菊江亭，（東流漢彭澤地，有菊江亭祀陶公。）清修步前轍。官異時亦殊，地同心共潔。嗟哉五斗米，世兒腰盡折。勞勞車馬間，雙跟如火熱。翻喚廣文冷，為惜盤飧缺。詎知高士懷，甘養吾生拙。風教賴扶持，微官豈虛設。萬事務自盡，出處皆可悅。作詩勗令望，離悰何足說。

合肥有一士答徐懿甫桐城有三士原韻

合肥有一士自許為蒙莊腹中貯泰華腕底垂琳瑯使筆〻如刀寸寸皆光芒投高斷虎兕擲深切鯨魴同里不鮮珍衆喙噞弗良北轅抵燕趙南舸趨潯陽惜哉終歲飢不曷飽芬芳人生苦羈旅旅元髮易為蒼一身不自立兩淚虛成行惟君負大志百折氣益昂何圖叔季世獲覩古狷狂我身如培塿仾首事廬匡未甘蔫艾叢願倚椒蘭香獨悲古人遥並世稀頡頏嗟如一稊米置彼千石航乾坤莽無涯滄海波濤長悠〻抱此心誰能明我腸何當負青天共爾摶風翔

偕諸子餞植翁師石甫先生於遂園時植翁師之祈門主

講東山書院石翁奉 命赴粵西軍

東風吹山雨不休道中瀧瀧鳴清流肩輿入城餞遠別春心萬
里隨
征驄征驄欲發未忍發名園且盡杯中物少年遠行易惆悵
況乃蕭蕭兩華髮姚公意氣何其豪當筵詩湧春江濤懸知粵
難不足靖蕩平小醜如秋毫吾師八十神猶王登嶼涉險心怡
曠臨行不知老將至安身他日歸來卜無恙乾坤滿眼多耆耋
吁嗟二叟今誰挈名高中外志未酬學究天人晚彌徹共從絕
海障狂瀾赤心瀝盡一腔血升沈出處各殊途濟世興文原一
轍方今 聖人大舉錯詔起老臣靖邊尊貴禕對奕何從容

仍是老將至轉安

馬援據鞍猶勇決可憐宇内有申公未得蒲輪朝　帝闕卻
顧老友爲　國幸身縱饑軀亦心悦徽雨欲歇天雲開城西城
南一朝別吾儕不作兒女悲此意悠悠那可說

許叔平出王研雲學博扁豆詩索和作五言一章答之

甲第厭粱肉廣文官獨冷種豆向荒齋牆根列畦畛佳種來萋
東羣蔬一朝窘當筵衆口甘歸後各分請鄉味遍皐城在客亦
閭井富貴苦陳椽清貧乃介耿歲月歲屋角花離離綴秋影新
詩出競賡徵物將與永我才如弱兵對敵安敢逞高陽指名索
未許藏鈍鋌寄聲傳種來荒園伴蔬筍

甘玉亭失偶攜子往依唐明府詩以送之

聽慣陽關淚不傾臨岐為汝一縱横渡江竟作無家别泣路真同抱子行痛絕轉欣羈内顧飢來初得事長征可憐俯仰乾坤大獨有荆州識姓名

贈鍾甫再往祁門

才高氣不揚志出身乃處當衷百細讓入險一笑許倉皇衆鋒挫短斂血濡縷言來不知端功成衆起舞嗟予望魯同莫假龜山斧兩軀共一心對面倒六腑由來耿耿懷相要在終古昔萃不解歡今睽意恒苦暫來復遠征臨行黯無語無兒挈婦行親

命非自主終當買山歸毋為淹幕府

寄邵映垣刑部孫芝房編修

南雁飛來影易沉北魚封去轉長吟期將明慎承秋典喜說說詞華動翰林闕下望星朝趁漏山中呼月夜眠琴仙鶴野鶺原殊迹獨有相思共此心

植翁師客死祁門長嗣言伯言歸述唐明府恩誼之厚感而作詩示伯言

八十飢軀豈自强相依為得使君良三年決計歸吾黨一病長辭竟異鄉屬纊為煩終夜立買棺還累典衣償聞言令我猶增

泣感德如君未可忘

過由闗

揚帆入瓜州闗吏催帆落舟子泊稍遲瞋目叱何惡三五入舟視啟艙如虎攫無物舟亦稅錢輸乃解索所欲苟不償終朝任棲泊古闗以禦暴後世乃征榷農田有正供斂商豈爲虐云何一物無空舟受束縛是豈朝廷意毋乃吏假託吁嗟官常[天下]弊欲數髮難擢窮簷多餓莩胥役飽邱壑太息解舟去淚下如風蘀

燕子磯

昔聞燕子磯今見張兩翼嗟吁乾坤大欲飛不可得

厶純

磬暘二字再酌

廟昔南狩翠華想登陟行宮何呀庨梵宇環整飭自遭逆夷火
重經地不識畫棟餘斷紅高垣倒地黑老僧出見客未語淚沾
臆傷心陳公死（陳忠愍諱化成）大帥爭竄匿夷來不見人城閉無一出
怪哉三泥炮奪盡萬人魄蹂躪何足云國體足可惜聞言拜汝
僧虛淚復何益此恨付江水蒼茫萬里碧

管小異招遊城北偕江貽之過劉叔毅以風雨不果往遂
飲叔毅宅

故人招我城北山秋色遠尋巖壑間苦遭陰雨不能赴且喜清
樽相對間快論欲翻銀漢落沈吟直使鬢毛斑年來別緒今朝

罄漏鼓頻催未忍還

江淹才思夙翩翩，潦倒山相林四十年。天與窮途饑欲死，世無知己我猶憐。今當痛飲忘身事，共掃閒愁任醉眠。獨惜江干明日別，荻花如雪滿歸船。

舟過龍江關南風起反棹北河口偕江貽之入城遊四松菴至隨園訪湯將軍獅子窟別墅留詩呈將軍

風逆舟不前，迴雙艤河腹。還驢共入城，僧樓恣遐矚。前行極幽窅，石徑轉松竹。那知城市囂，但覺林泉續。殘陽趁去歸，清氣豁來目。太史有名園，金陵昔推獨。將軍搆新墅，疎曠更髙躅。從來

邱壑勝天然謝塵俗妙手偶施錯遊人萃昏夙山川亦何常今
古幾變局未知千載下此地復誰屬留詩詒主人一壺須秉燭
再來我何時就公傾百斛

先是小異約同人遊獅子窟阻於雨及是來遊欲招小異
未果詩以寄之

淫雨敗勝約遊悰鬱未遂歸帆若石尤疲驢乃忽至徑曲轉愈幽
園深到匪易編竹作迴欄曲折各盡意能令咫尺間含蓄萬里
趣斯壞昔荒畦寥落野人寄一朝改舊觀草木發蒙昧邱壑成
若天亭閣妥因地故人居所在欲招謀一醉舟子報風轉夕陽

促歸轡悠悠我心長何當復來萃

山家雨後

柴門深閉水聲中竹裏初開一徑通新雨忽收殘照出四山楓
樹一時紅

偕方存之宿谷林寺次早登後山絕頂

秋聲不出山巖壑萬象瀉不知風在葉但疑雨集瓦晨興衆籟
平天清露野滿登高縱遠睇平原極萬馬飛鳥不敢齊白雲亦
在下予生具山癖百勝不一搘扳危氣喘息入險汗揮灑吾子
嗜亦同山椒屢杯把可矧此掐提幽深曠世所寡期与謝城囂來

為採樵者

風雨

風雨禍秋稼，中田半凋索。新晴趁銍刈，所斂嗟已薄。夙逋待新穀，急售那遑鬻。可憐一石强，不償五斗弱。歲歲飢在春，年年命委壑。余生托隴畝，未解操錢鎛。安居事啖飲，毋乃造物惡。楚詞好蔽美而稱惡，與固窮叶。漢魏以前好惡、美惡字同用，分烏路、烏葛二切，始於葛洪、徐又邈。得飽已非分，敢云厭藜藿。嘅彼朱門中，盤箸日交錯。男嬉女不事，僮婢塞房閣。詎知溝塍間，一粟一汗落。大哉元公訓，無逸所其作。

房丈垣約同人九月十九為展重陽之會，以事未果，次日

復促成之曰展小重陽飲酒賦詩分體得七古

西風吹雨〻〻不已枯河漸長平堤水醉呼紅日匿不生坐看黃花瘦欲死房侯髮白情彌豪時呼小友傾葡萄重陽不飲飲負佳節展以十日還登高偶緣塵事負勝約尺柬來催雜嘲謔晨興不敢避風雨一盞在手泥滿脚故人紛〻入座中酒酣射覆燈光紅隱語入深海亦涸鉤心出險出山為空人生快會那常有聚散如風絮在柳一年一見一番老縱得百年幾重九明年我客黃金臺吳郎与我同銜杯謂坐中梅岩孝廉諸君更作今朝讌萬里相思一紙來

貽之歲暮歸樅陽出空山夜坐圖索題即預送其之粵東

臘鼓迎春歲又殘出城冰雪到江干半生已作飛蓬轉萬里將為行路難去日未遑歸後計空山那便此身安強持畫冊隨征篷旅館青燈忍淚看

約過訪六安王學博以北上未果詩以寄之

苦憶皋城冷氊席一樽風雪共誰開向人白髮不知醉盼我青春時一來邂逅有心虛此望馳驅他日待南回就看行匣書千卷莫便婁江歸櫂催學博太倉州人時將有告歸之意

殘兵壬子

殘兵萬里歸誑賊氣猶忿大帥不殺人將卒誰卒思奮望風舉
炮火到來各遠遁區區慷慨心誓以一身殉轉思亦何裨穴蝗
誰過問昔去千夫雄今來已半殫在事盡斯人萌芽久灰燼自
古生力軍先明必死分褒寓清晏久偷安啟窺釁徵妖值　聖
武終當礫以寸獨憂日萬蹙天府毋乃困何當洗甲兵四海破
孤悶

○過廬州訪王五適他出夜歸

風雲滿城天欲昏踏泥循砌到君門哀翁扶病强迎客令弟呼
僮已具樽向夕始歸逢恨晚詰朝臨別贈何言直須共作通宵

此解尚行

話送我登車城外村

王五掄（謙齋）同徐懿甫沈石屏夜話達旦次晨送別雨大作迴就懿甫家飲

孺子淒涼臥綠苔林文零落為多才春風痛飲不辭醉時事多難艱相与哀正欲放談天已曙相將送別雨偏來迴車更下南州榻直待前途霽色開

徐州道中作示緝甫同年

漸入風沙道相看面目非此行垂北上昨夜夢南歸河決千村徙田荒萬井飢漫嗟行役苦漂泊更誰依

贈江右萬太史良

太史名良新建人道光丁未授翰林院庶吉士乞假歸里四年矣以　親天子登極覃恩將入都為先人乞封典携一子同行余遇之宿州道中自言十四赴禮部試始遇往返斯途八萬四千餘里自顧老衰不能為　國効力故乞假南歸今以先人之故入都一行從此長歸不復出山矣高其行作詩贈之

往來八萬四千里雨雪風沙到白頭晚入仙班轉歸去近聞新政復來遊但求　錫命光先壟仍捲征裝出　帝州更得佳

兒侍晨夕此行忠孝愧名流

故人河上來

故人河上來未言輒先喟人無一心盡國有億鏹費惜哉萬牛
挽不敵一蟻潰嚴詔責償修誰實以金備備古賠字楊慎曰昔高勸歡立法盜私家十備五官物十備三後周官詔盜官物雖經赦免徵備如法備即賠也古無賠字後人俗書作賠耳吁嗟報國
資彌縫在會計工材兩尅削患復遺後事神禹不再生代患
斯為最運開河益難一安必兩利補苴已苟全芻復共兒戲糧
艘碍飛輓流民更何罪　皇仁惜瘡痍民賑飽胥吏世事夫
何言臨風坐隕涕

○店主人贈梨曰秋白

赤日困風沙憂鼻塞吻尤燥主人若解意一梨出袖表到手渴已償未啖神已先飽持較市兒售滿筐色枯槁傳舍日更居所棲輒煩擾感兹主人賢庭宇狹点好從知心地舒耳目無隘湫

茌平道中聞喬誦南卒於景州旅次

凶問驚傳大道旁風沙白日慘昏黄佯狂竟作真癲死已返翻嫌故路長總有孤兒生陽歲更無群季侍高堂為憂旅櫬還家日白髮朱顔一慟亡

晨嚏

晨起嚏不休家人日念我計程當燕薊馳車仍山左淮南苦雨
泥河北滯渡舸中原復風沙白日行未果鷄鳴趁月星覓次望
燈火口鼻夜焦燥蓬鬢日包裹我年方壯盛萬里不可獨念白
頭親思兒夢難妥

過景州訪誦南死狀始知癲疾大發以除夕自縊于南關
外旅館其柩已南歸矣復成一律

百歲終將大暮歸如君凶問古來稀喪車已發途相左旅館來
詢淚重揮莫漫寬魂苦流滯可知家事已全非瀕行記取同居
約此日蕭然向帝畿

幾是夢字
確是大暮

○吾友有戾僕

吾友有戾僕，剛傲摧弗柔。主人恵且和，曲恕毋苛求。昨來我詈僕，相牽以為仇。主人恚欲遣，為語宜姑留。此去倘飢寒，不德實我由。燃鬚不易侍，憪手翻為憂。大哉德有容，俯仰慚前修。

涿州

涿州天下之都會，萬騎同歸一路來。闤闠爭華比京市，風沙終古在樓臺。地隣　北闕瞻天近，河出西山繞郭迴。勒馬桓侯祠下立，出師深望古人才。

甫抵都門偕方海舲汪桐坡夜飲追悼左少沖因懷介一

子良子徵瀛川諸子

皖江風凤盍簪八人予最少豪談踞酒樓舌鋒鬥奇妙别來各西東風塵易狀貌遠言託鴻雁十發不一到先後試春官方君甫高蹈徵員侍黃閣清平砥堅操有車不得乘趨朝日步造汪子中州來隔垣聲大笑我甫税車馬兩足尚泥淖急呼坐團飲快若懸解倒忽憶宿𢗅長相傾淚如瀑回頭眄故鄉老蒼獨坐鈞一介南嶽念遊屨子良時客潛山東海有孤櫂子徵時客太倉悠悠萬里心一燈耿寒照世途日變遷吾儕易顏髮離悰雜百憂擾擾風中纛短轅正北來凤塵苦奔僬瀛川時亦北上在途矣姑謀貯百醑重來共一釂

謁湯相國賦呈

束髮處邱壑，側聞我公名。抗節進身初，凜若寒崖冰。立朝五十載，名德中外傾。今老長安居，杜户謝趋承。何來草野儒，扶杖當階迎。蕭然廣文宅，那知公相榮。就座出書法，頗許生疑鷩。真儒世罕作，萬喙科第矜。程墨日在掌，往籍荒生荆。異者乃章句，門户相枝撑。爬搔煬秦灰，披剔張漢燈。勃谿宋代賢，顛倒聖人經。孔孟若可訶，亦將攘臂争。老死作蠹魚，施用無一成。盤誥苦聱牙，故訓搜零星。非敢蹈穿鑿，將以來開明。黄塵千丈高，車馬無休停。众（衆）競奔要衢，我獨趋閒庭。白日照中天，爝火難為熒。仰

高不能至躑躅依軒楹

偕舒伯魯同車過訪曾侍郎吳南屏毛西垣魯通甫孫芝房諸子歸寓柬伯魯約為次日遊

一春不雨風怒號薊門沙氣如天高白日照地慘無色黑塵著面髭生毫舒郎驅車適我館拍邀出郭尋故交千街萬巷辨不得兩輪馳轉如風濤到門投刺一心慤坐談告別徐登軺下如雙鼠竄出穴升若兩鳥棲同巢東奔南走忽西轉過存一一皆人豪旋轅入城已曛黑將別未忍心搔搔嗟我慕君昔不見金陵皖水尋难遭揭來京國居咫尺笑談不間昏与朝明朝買酒

人生同志足可樂功名富貴皆鴻毛

悲歌入烟堵句堵字應有誤

星山居記

宵深風露撲蹤材一般勤為授經此日遊蹤遍天下不堪回首夜燈青

閩中卓孝廉聞母疾馳歸時春官榜將放矣林薌溪為言其孝送之以詩

孝廉不待春官榜萬里思親策馬歸天外雁聲來故國日邊沙氣滿征衣見愁關戍行難到深恐參苓效已稀我正望雲懷白髮送君無語立斜暉

送　蘇澗

宴婁尾更騎瘦馬遊東郊人生同志足可樂功名富貴皆鴻毛

○一燈課課讀圖為林薌谿作

宵深風露撲疎櫺慈母殷勤為授經此日遊踪遍天下不堪回首夜燈青

閩中卓孝廉聞母疾馳歸時春官榜將放矣林薌溪為言其孝送之以詩

孝廉不待春官榜萬里思親策馬歸天外雁聲來故國日邊沙氣滿征衣見愁關戍行難到深恐參苓效已稀我正望雲懷白髮送君無語立斜暉

送　蘇瀾

續句再酬

巴陵有二士贈吳南屏毛西垣

巴陵有二士，門逐九江開。赤日魚龍氣，青天鴻雁來。盪胸吞夢
澤，携劍走燕臺。相顧生華髮，憂時淚滿腮。

書芝房近詩後

我友抱沉痛，向人不能語。低頭事哀吟，白日照心苦。慘澹人入
風雲，纏綿出肺腑。深崖啼夜猿，寒階咽秋雨。与君兩載別，恍惚
成今古。新詩不忍哦，涕淚滿窗户。明朝我又歸，青山事農圃。芒
芒九州大，何處問巢許。

留別楊性農應常

衆轂爭萃燕君車獨未見相逢各道思望極轉成怨塵中一刺來驚喜走告遍閒雲愛邱壑出山態猶倦羣英届館試低眉事墨硯杜门託逃隱十訪弗一面君乃策羸馬朋輩日趋譏萬事任天與所得本非願疾風捲黄塵車馬各奔電來送慘不歡世途日遷變我去仍隴畝子留侍金殿臨岐兩吞聲落日淚如霰

述歸

孟夏予將旋執友爭挽騎借問良朋歡何如膝下戲老親送兒時亦許留燕薊長途五千里往返太憔悴親心憚兒艱兒勗敢自避蕭蕭兩鬢霜别來又恐異康樂不敢違矧復微痾累家居

森

亦多僭兩心聊用慰白雲滿故鄉黃塵起邊地歸歟吾計決晨興發南轡

題潘太常草堂養閒圖

萬轂爭塵市勞勞古薊門有人依日月薄宦為晨昏岧嶤思高隱乾坤只淚痕故園歸未得夜夜夢江村

題呂壽棠懷硯圖

先人遺物皆可寶況復鏗然片石好著書萬卷在旁飲墨千升未為飽無田以爾為性命不耕使我嘗枯槁窗前烏兔苦無情屋裏摩挲令人老嗟君總角侍祖庭親見周官日參考君祖雲里先生

蒼筤

著有周禮補注邇來隨宦侍京華耿耿寒燈照遺稿尊公當代更名臣此硯曾經書諫草君今受之置書室疑有精光透城表獨憂滄海日橫流誰挽狂瀾廻既倒舉世功名出此中幾人報國披肝腦似聞此硯中宵鳴鳴鳴飲泣如有聲人間何限三災石獨汝相隨翊　聖明

題孫芝房蒼筤谷圖即以誌別

萬竹蒼蒼天一色嗟汝有山居不得今予跨馬出都門執手臨歧兩悽惻洞庭波高舟楫稀南來羽檄縱橫飛君言有谷宜歸去但恐思歸未得歸

○留別葉潤臣

兩度索（韋）車向薊門歸鞭今又指中原與君等是前年別〻有傷心未忍言

○潘公子惠參

老母苦上氣病發輒連朝醫云惟地精（廣雅云地精人蓡也）飲之當可調貧家但菽水雞豚難充庖刲茲珍異材市井復僞淆公子古誼氣視友如同胞閔予侍疾歸投贈情何豪此物出　天家恩寵到蘅茅愧哉小人母君羹未嘗邀今分相以餘宿痾應已消南歸望北斗厚誼雲天高圖報復何時感激心煩勞

〇余將南歸潘偉卿亦返山西省親臨別書此
左安門外柳毿毿各為思親趁發驂憐汝到家仍是客鄉心隨
我向江南

留別曾滌笙侍郎

盈廷議大禮一疏發精義上動九重咨下洽百代意再疏請日
講啟沃本根計致君堯舜心旦奭不能異明盛預憂危欣喜轉
驚悸讜言陳密邇字字出肝肺遂令中外心傾公一人最邊氛
近益驕橫流未收潰司農坐仰屋漕艘阻平地般憂更百端羣
公且高寐吁嗟愛日忱容顏獨憔悴岌岌宮幃深安得日召對

小人再戾燕前歌後歔欷今當辭君歸慘澹意不遂風沙滿城郭啼痕濕征轡干將不良折亦吐光氣反復未可知安危更誰繫艸野予何言翹首盼雲際

○黄村偕通甫作

不斷風塵蔽日來黄村立馬望燕臺故人强半留京國獨共山陽魯五回

○車覆

众轅競康衢我輪獨冒險僕夫貪假寐百呼肯一轉車傾怒鞭馬血流生瘡癬執鞭爾何事昏瞶不自檢弗顧乘者危汝身亦

豈免既往，復何追前途正艱蹇

偕通甫出都至茌平贈別

古人不得已乃以文章鳴文章非不貴道足藝乃精魯侯下筆時春水百川生真氣彌六合揮灑任縱橫惜哉時會艱四海徒虛聲虛聲良可哀吊子各心驚燕郈戚無歡良友破孤悶群好日招歙無汝輒成恨英流競文藻車馬就高論細意剪荒蕪大力起困頓我學視子殖萌蘗僅盈寸何當萬山深猛勇一心進紛紜众念罷安得假利刃十載苦思君奉手輒意厚締交未敢遽今及三載後揭來出帝

長古正以此句見且復之斯欲不甚如蘇李送別詩也

都晨昏共奔走黃沙塞口耳白飯雜塵垢眠餐未肎離依依絮在柳青燈忽無色來朝欲分手所傷未忍言茫茫對杯酒荒雞報林曙登車各回首

此章殿以古詩氣息

齊女抱琵琶來歌及夜半四座各心娛爾我獨悲嘆豈伊聲調殊哀樂自中換風塵迫人老星星蓬鬢亂常聚且不歡況乃一朝散邊氣方未殄中原亦多難不遇斯已矣歸耘聊隴畔悠悠別後心長天望星漢

蘭儀縣渡河二首

頻年此渡地慶安瀾東望淮徐淚不乾五百萬金虛一擲重臣

無罪　主恩寬

伏秋汛至事堪憂豐北工仍待暮秋烟火生靈十萬户不堪連歲在中流

○雨後晨發

蕭疏蓬鬢逐征驂滿眼風塵困弗堪一雨曉來沙氣定渡河風景似江南

哭銓兒

滎兒殤去春兒繼膝下聰明賴汝存噩夢又驚來　帝里凶音未及到鄉村二月中于都下兒夢死歸抵北峽聞凶問已愁阿母無乾淚更慘哀

顏。失。愛。孫。久客歸情原箭急傷心未忍入柴門

飛騰英氣使人驚暗喜斯兒器可成送我無言偷下淚予出门兒於哭恐傷予心俯地偷下淚予归後妻為述兒言如此讀書群許誇諸兄再來。心不。汝知難得瀕死呼爺不住聲自悔此行無自責可憐雙白鬢初生

贈別符南樵

山陽魯五東歸去獨汝南來共一樽疲馬日高朝問市扁舟風起夜驚魂逢人豪邁皆春色對客哀吟忽淚痕我已故鄉君尚客江干前路雨昏昏

寄吳南屏

當代數人文楚南天下讓眼中六七輩雄奇莫與抗众喙尤喋君聞聲夙心向蕭條巴陵館單車屢趋訪古貌世所驚高文境獨叔並栖有毛公西垣兩心共直諒酒杯日對把風雨互歌唱當其興趣發蛟龍躍奔浪悲來意忽沮乾坤色凋喪嗟予出都门知君若南望故人先後別謂西垣性農滌生諸君子先後出都凄涼想羈況近傳伯魯死遠膺痛若創刲君旦夕過掩淚視屬纊秋風起林柯寒氣來空曠灑涕寄新詩臨封一悽愴

孔城四家菊詩

吾友程信吾昔年愛菊蓄之嘗百種予至孔城留賞輙

序文似可酌删

數日近不蓄者十年矣去歲金鄰溪始蓄之凡二十種今年程曉春劉星府遂爭植馬譚西屏復廣購之桐廬之野遂出三家之上合四家所有其常者不足言奇美者計七十餘種摩狀審色稽名于菊譜有缺而未備者有俚而不雅泛而不切者予与信吾諸子為命以名色如荔子嗣〻下垂者曰荔子春彩色如黃柑望之若烟雨空濛者曰烟寒橘柚艷若芙蕖光燄照目者曰初日芙蓉麗若桃花上浮水氣者曰武陵春泛嬌若文杏潤澤涵濡者曰杏花春雨狀如紅藥欹斜轉側者曰芍藥

署書第三句有脫字
星岩記

棠露光隱約者曰海棠春曉蕊如木稺外連台金粟蕊如金粟外瓣舒白者曰月窟天香白質丹文纈紛歷亂者曰飛花滾雪四圍舒放中凸起如佛頭者曰佛頂光圓淺黄如涇白光上涵者曰蠟光浮月其他龍爪蟹爪虎鬚鶴翎寶石樓台鐵網珊瑚之類仍菊譜舊名者概不復詳諸君以次拈賞飲酒賦詩而四家之菊予各有意所欲言者乃各為詩一章題曰孔城四家菊因附記其名之尤雅者將傳之為韻事焉

風翻形如海棠露光隱約者曰海棠春曉蕊如木稱外瓣披黃者曰蓮台金粟蕊如金粟外瓣舒白者曰月窟天香白質丹文繽紛歷亂者曰飛花滾雪四圍舒放中凸起如佛頭者曰佛頂光圓淺黃如涅白光上涵者曰蠟光浮月其他龍爪蟹爪虎鬚鶴翎寶石樓台鐵網珊瑚之類仍菊譜舊名者概不復詳諸君以次招賞飲酒賦詩而四家之菊予各有意所欲言者乃各為詩一章題曰孔城四家菊因附記其名之尤雅者將傳之為韻事焉

程家園亭久寥落山市十載無秋光海陽金君乃好事瘦影起傲東籬霜叩门來觀未出夜深燈火耿低昂喧騰众口動花興各搜異種思争長萬物盛衰各有漸踵事十倍開先強是時天地正蕭瑟萬里落葉堆深黄寒烟細雨不稱意提壺一笑登君堂古來極盛难為繼君第保此毋張皇但願年年有秋色花開呼我來傾觴

譚子秋來不適意欲令春色回天地買遍桐廬二邑花金錢日向擔頭弄朝得一種壓群芳暮後復數枝誇绝世迴欄曲折作屏風一一向人發姿媚芍藥風来勢明翻海棠春深不肎睐美

一枝一葉親磨捻句磨字應有誤　星岩記

只許東人
宿本待來

秋莫使花魂怨憔悴

曉春惜花何太勞，晨起不待紅輪高。兒童滿室弗假手，一枝一（葉）

親磨（摩）捻。君言花開人共賞，人賞尚我絡（殊）終曹艱辛。閱盡見甘美，

坐對倍覺心陶陶。精神所到意味足，白日不動烟塵消。市花雖

美鬥芳艷，就中元氣多磨銷。此意市兒那得識，微茫剖晰爭秋

毫。人生萬事貴自得，耳剽目竊皆浮囂。君子惜花得玉理，細開

銀甕傾香醪。

人翩翩荔子衫醉眼相逢欲垂淚不信秋花有此奇只許東人
皇太兒戲園丁栽植亦艱難君今得之毋乃易善培宿本待來
秋莫使花魂怨憔悴
曉春惜花何太勞晨起不待紅輪高兒童滿室弗假手一枝一葉
親磨摩挲君言花開人共賞人賞尚我絡終殊曾艱辛閱盡見甘美
坐對倍覺心陶陶精神所到意味足白日不動烟塵消市花雖
美鬥芳艷就中元氣多磨銷此意市兒那得識微莖剖脉爭秋
毫人生萬事貴自得耳剽目竊皆浮囂君于惜花得玉理細開
銀甕傾香醪

破樓百尺横秋烟东西無壁惟青天偷兒夜至不入視寒花如
種當階前高低歷乱各有態長枝欹倒横窓眠劉郎招客醉花
裡花意向賞客如憐〻紫桑死去一千載世無知己誰真憐朱
門華屋强供奉何如偃蹇頹垣边二更东海吐美月清光萬里
來媚〻縱横滿地見花影此景此莫與君爭先夜深還擬就君
飲莫辭沽酒無青錢眼中諸子盡黑髮清霜冉〻生美巔

味經山館遺詩卷二 癸丑五十首

桐城戴鈞衡著

皖陷

承平二百年，談兵輙色变。忽驚皖城破，百里隔一線。居民盡褫魄，少婦無顏面。潰卒滿通衢，兒女哭聲遍。予心强鎮攝，能無駭聞見。異哉邑宰官，半月不歸縣。江水到潯陽，波濤為一束。制軍扼天險，望風去何速。過皖不登城，萬艘已尾逐。辛苦半年防，守具非不足。縣尉具衣冠，精忠讓汝獨。謂典史平源 傷哉中丞公，欲走不得出。

孟春月既望天色慘昏黃無雨晝冥冥白日不敢光殺氣昏江水百里連帆檣南風十日喧天意助其狂九江既失險天門毋相忘逆焰煽群醜遠近動怖窃居氓無安廬道路鮮通轍星軺到符離所駐日喋血遂令千里間狸狐半消滅天妖萬物生安可無霜雪舉世務姑息釀禍那可說大哉東阿公周侍郎天爵卓為今人傑

癸丑正月十七日……省城不守

感事

西來粵海三千里東下江南十萬艘天險由來隨地有將軍無那望風逃司農籌餉錙銖盡　恩詔捐租撫字勞終是金湯

歸　至德未妨戎馬日蕭騷　所謂溫厚從

烽烟白下又揚州風鶴驚心滿地愁一將久懸天下望九重未
解聖人憂東南故友知誰在西北音書亦斷郵强与鄉鄰
日防守可能兵甲一同仇

桐陷

萬心各異趨堅城付一擲書生奮出戰謂馬徵君三俊張茂才勳官兵去無
迹揚聲久不來一至忽乘隙衝先三百人腹飢足亦躄逃散不
交鋒此机足可惜中宵萬馬騰環城列戈戟黎明酷令下童叟
不一釋城頭血飛灑城根屍枕籍焚戮更郊坰萬姓無䰟魄雜

豚交路隅句死非從逆大軍旦夕來蒼黎望斬馘江東淪（久）陷楚
北再飛檄廬州古重地南防慎咫尺安得飛將軍晴空下霹靂
老父先入山不知變將作鬼神陰遣扶善人固無虐予侍老母
輿宵行路屢錯所至主人驚訛言日風鶴老母神氣定眠食坦
自若大兄隔夕來相見但淚落得死老母傍泉下亦至樂三日
同來歸群言賊韜鍔愚氓已無恙嚴君被搜索三更雨如注蒼
黃走嶴（岩）衣溼冷透膚淖深污滿腳老父意閒暇閑言淡遣漠予
亦外死生依親復何愕
余妻前致辭未吐淚如雨訛言倘即真後悔將誰補妾心但有

君〻心但有父兩人但長存餘死不足數是時夜已半殘月東
林吐昏黃照崎嶇哀白竄荆楚失足墮懸岩牽衣強支拄父恐
兒心驚為言無所苦朔風吹枯艸彷彿動豺虎天明路逢人姓
名不敢舉浩〻乾坤大吾親獨失所相依為性命得地那共處
逆氛蔽朝陽非沙亦非霧人面自然慘物態盡非故吾鄉本堅
城江北侈最固昔在勝朝末獻賊屢來頓百攻百不能陷死骸
填溝路當時想人心後世猶驚怖如何今瓦解一朝失依據
聖君代相承庶政無一誤腥穢在群寮泄沓亦天惡民險日就
深滔〻挽不住吾儕生失辰會尚刼相遇憂來讀陶詩大化縱

浪去應盡便須盡憂復獨多慮

追挽三章　甲寅十五首

林文忠

殺氣纏西粵中原起老臣天心張巨寇哀詔惜斯人養悪由來久投戈恐未真（人言公至粵東賊有解散之意）但留耆宿在應已靖邊塵

烏都統

文武全資盡精忠百戰存無謀憂上相失計恨軍門星落千營暗氣狂萬馬屯後來諸將在誰更与同論

江忠烈

轉戰三千里公自鐫石印一身轉戰三千里賊砍不死神扶持十四字真稱濟世才 九
重惟汝獨四海望公來死去無江左悲聲遍艸萊祇今遺牘在
傳誦不勝哀公有寄呂文節一書為世傳誦

官軍入桐

兒童盡喜色官軍新入疆豺虎斂牙爪魑魅謀栖藏十日遂三
捷歡聲沸若湯將軍偶失計骸骨拋戰場未能制侵凌轉令多
殺傷書生躡芒屩追軍去莫望骨肉生斷割慘死無閨房全家
水上萍風浪相低昂家破何足惜國挫不復揚能敗乃真勝所
失得不償衆軍不出營獨奮不固當亡逃者復不誅安望士馬强

悼亡　按戴與錦李氏咸豐四年十一月二十四日罵賊死

時事傷心淚，臨風日幾回。異鄉方慟絕，凶問又傳來。罵賊能甘死，懷刀早自裁。九泉知有恨，不為一人哀。

汝死猶吾死，吾生愧汝生。一心虛報國，數語記臨行。但最君親義，休為兒女情。清宵時飲泣，易地恐慚卿。

沉痛

破鏡逢中歲，由來百感生。況予家構難，累汝死成名。憶往情無限，悲來夢屢驚。牀頭餘錦瑟，夜夜譜悲聲。

不為閨房愛，相思淚重流。汝賢難再得，予意尚同仇。有子悲先折，無家痛遠遊。何當洗兵甲，歸為卜松楸。

九

仲女罵賊被砍死而復蘇詩以憫之

生小嬌癡慣流離亦可憐此身甘白刃阿母已黄泉竒禍緣予
及聲名汝（賴）賢悼亾兼恤病回首淚潸然

十

江天

江天四望慘沉陰双眼頻聞淚不禁伏枕凄涼空有夢思家漂
泊苦無音餘生已作重泉想九死難灰一寸心戎馬滿平知有
日只愁霜雪鬢華侵

十一

將軍

一戰由天幸將軍浪得名九重時奏捷半載不（未）攻城陣馬間臨

水封狐夜踏營昨聞齊出壘環堞有歌聲我兵出隊賊于城上鼓樂為戲可笑

寄呈曾侍郎

先達誰知已如公第一人交情忘勢分動念即君民灑泣

京门送招談旅館親壬子出都侍郎走送欲泣是秋典試江右道出桐城招談旅館夜分乃散別來

無恙在前路已氛塵

兵甲滿天地哀麻起重臣氣吞江漢水心急楚吳民所向聞无

敵相隨更有人菲才犹在念曾与告前津侍郎曾以予告江忠烈勸其招入幕府

妖氣纏南斗星光有北辰聖躬頻罷已諸將欲因人待挽

滄桑劫終須社稷臣往從前路梗西望一沾巾

十五

骨肉成新鬼，流離及老親。尚餘心未死，深愧我爲人。涕泣鄉悲里，安危仰大臣。尚期羣力合，一戰鮮邅迍。

書事 乙卯五十首

十六

杼柚東南事可解，傷鑑猕紛沓不成行。理財那得王參政，斬將深思狄武襄。風鶴傳聞艱道路，草茅歌泣止文章。西來一帥威名甚，誰撤藩籬縱虎狼。

悼劉姬

十七

忍死遵遺命，終能罵賊亡。九原隨大婦，一表動君王。獨我無歸計，依人且異鄉。請兵圖再進，前路事茫茫。

慟極翻無淚，情深轉自寬。汝身如未了，余意更死後何安。死後偏增愛，生前太寡歡。相思從此訣，長夜雨漫漫。

將為北行留別牧山、友拔貢

友山名僑，甯國府南陵縣人也。与諸弟團練族人以殺賊，一村五百家，遂為賊殲，令弟陣亡，全家失所。時避亂依舒城令楊明府幕，与予相遇，訂患難交。聞予北行，賦詩來送，以雨阻，款洽數日。書此誌別，情見乎辭。

患難餘生止自憐，逢君相對倍淒然。全家骨肉同分散，滿眼兵戈盡倒懸。夜雨瀟瀟遲北路，愁雲黯黯障南天。臨岐莫灑英雄

十九

淚但祝清平我早還

别文斗垣 孟明視截用孟視二字不成詞海内句亦太平

死别生離恨莫伸故鄉無地可容身未聞孟視重圖晉空有包胥為哭秦海内鋒烽烟何日了天涯風雨更誰親平生恥作牽衣泣到此能無淚滿巾

昔者四章

亡室之賢與生平情愛思之不已作昔者四章以抒慟亦補死狀與行略所未及也 四首

昔者予遠征卿心萬里送予亦苦情長無旬輒屢夢如何今百

宵幽明路遂壅（塞）汝䰟應遠來恐擾予滋慟故山多惡氛鄰邑日交鬨知汝念梗萍夜臺亦悲痛汝痛吾不聞吾悲復誰控家奴故鄉來親丁散伯仲冷月照幽房枕席摟已空我身不能歸〻亦与誰共

昔者讀古人為卿說義烈深恐兒女情臨難向嗚咽誰知我偷生慷慨卿一決想其握剪刀淋漓滿口血氣猶縷〻噴腸先寸寸裂我死分所甘卿命詎宜絕蒼黃立數言傷哉遂死別死別何足悲此恨難獨滅

昔者卿處山賊至我未出歸十日不相見既見涕沾衣謂君苟

卅六

頗有古意

不生妾存亦何爲訛言日四起我往鄰邑栖卿乃告妾存亦何
遇賊死無疑洞穴尚可逃坐待亦何非宜悲風動草木野戰鳴
慘悽當時不自傷事後煎肝脾偕隱伏岩壑忽忽歲已暮將星
落城根烈婦出深閨罵聲動天地不作沿路啼一決斯已矣非
我累卿誰卿當不怨予我悔將奚追
昔者我抱痾卿亦苦頭疾扶牀問湯藥支離不自恤僮僕自可
代於心以爲歉男兒命千鈞婦人命一髮但求君速康身勞死
亦悅聞言我淚垂用意何深切嗚呼承平言亂乃蹈此轍朔風
吹寒雨一夜千山雪毅魄出荒郊慘慘天無色回首平生愛纏

綿不可絶恐傷泉下心未有日嗚咽百年我歸時誓与卿同穴

○正陽關清明日作

墓祭重清明斯禮叔已遠乱後死亡多哭聲震荒墟獨予念邱壠思歸不得返未遂區區心遘禍悔已晚由來君父事未可辭屯蹇我祖當鑒予俯念亦涕泣有孫等若教斯戾復誰遣

贈田畹香即題其都梁攬勝圖

田君濁世之豪傑韜略胸藏不肯説偶逢寇至一小試兩岸樓船忽成列指揮不動屹如山奮出健兒皆勇決頭顱落地不聞聲腥風乱灑三河血寇退呼酒勞群僚自謝無功亦心快（君容三河）

尖適捻匪大至君率船丁千
餘人与戰大捷一時傳道
方今諸將擁貔貅刁斗無聲望城闕賊來賊去已經年江北江南同一轍生落拓恨無家斷梗飄蓬自嗚咽淮南春水一宵生國恨鄉愁滿吳越逢君一笑遂傾心半夜高歌唾壺缺誰知舟艝（楫）有雄才叱咤風雲掃孽（妖）雪泥鴻爪（爪）各天涯三日歡留慘將別臨行示我攬圖，勝山色湖光兩清絕自云去歲客都梁甘隱魚鹽恥趨謁是時烽火滿揚州淮水兵戈未休歇舒廬南望更淒涼骸骨邱山屋多爇此邦獨幸尚安然綠柳紅桃自紛結兩詩瀟灑出群姿容地相隨倍親切手無尺柄憂何為權与山川共麴蘗我來展讀欽高風君自倫然

我悽惻龍眠花柳未全非慘澹何心説春色老親白髮苦流離
有子飄摇侍不得如君客遊家尚完聚坐前對無言情脈脈明
朝挂席過君覿卿更訪佳兒吐胸臆

舟過淮水贈壽州金刺史

刺史名光筯字濂石天津人也任壽州威名甚著遠近
頌之土人謂乱後勝于平時蓋州縣平日不能操生殺
之权至此得行其志而刺史不亦賢聲所由播也逆賊
破廬州陷六安畏刺史不敢犯壽州但由西界竄潁亳
而已予夙慕其名今過淮水投詩贈之稍雄才才尚未

大用亦以告世之姑息為仁而不自知其釀乱者
壽風春自古豪强地姦宄由來白晝行不謂逆氛翻遠郤轉從
乱世得清平名高霄漢官如故威攝萑苻盜不生舟楫安然下
淮水望城遥為祝神明

過懷遠晤董嘯菴學博二首

避乱君就官我時伏岩壑相知不相送音信兩寂寞去後旬月
聞家園鷲風鶴官軍久不來一敗如兔脫烏鳶飛不問尸骸滿
城郭樓臺慘一炬雞狗盡屠戮傷哉我妻妾鮮血濺鋒鍔萬口
喧烈聲一心痛如割義憤鬱未伸親戚亦遘虐茍非老親存此

廿二

身已千鏌生死復何云妖氛待誰廓范〻四海遥一身去何著

姑從風雨後維舟就君酌

前歲冬十月逆賊突來奔官兵棄城走殺氣白日昏毀堞出骷髏白骨堆城根遠郊減焚戮腹剖那可論令下莫敢違首無一髮我輩匿深山朝夕惟淚痕变服易名姓君一叩我门君家已罄懸我家犹雞豚誰知數月後惡燄充鄉村忠義遘到禍奸究荷慈恩大吏習仁厚罔知國法尊旧鬼哭嗚咽新鬼点頰寃何當具此辭涕泣陳天閽

吾里友二三子人忠憤惟馬張命〻小嵩出戰城南隅慷慨氣飛揚官旗

廿六　廿八

倡先逃衆卒不成行痛哭各上馬分道兩蒼黃留身期復仇先後為國殤生前凜冽氣雖死猶光芒吾子事嘉遯我乃不自量生死不自尚有媿出處互相妨區區許國心由（何）達廟廊欲覓武陵源聖明未忍忘倘浮挽飛孤終當殲天狼

臨淮書感

兵戈三載又逢春梗斷萍飄此一身桂樹有山悲故國桃花無路覓前津已聞楚北危諸將更遣淮南易重臣戎馬未平餘孽在可能無意戀斯人（謂袁午橋師）

呈袁午橋副憲

彈章凜冽挾風霜四海傳歌氣激揚北闕清流爭領袖南天白日照肝腸豪强漸次歸農業威望還能震鄰鄉忽報星軺旋帝里江淮還顧淚浪浪

贈袁小午太史

公子翩翩著作才趋庭辛苦向南來晨排刀劍先身出夜點貔貅獨馬回萬里雄心時勃發百年世路且低徊滿腔熱血憑誰灑我更飄零止自哀

偶感

淮水連宵長愁心逐日生朔方艱挽粟南路乞增兵善用何須

卅七

卅八

众無奇杜説精誰能奪天險一爲斬長鯨

前江西中丞張公芾奉 詔入廬州營相見于臨淮詩以

呈之

昔年烽火逼潯陽轉戰洪都燄莫當三月孤城危似卵七門軍

令肅如霜丹心耿耿懸秋漢白骨纍纍慘戰場一事偶膺

明主譴尚留威望鎮南昌

近聞匹馬向廬州上帥將勞借箸籌西北欃槍犹未掃東南城

郭待全收元勳 帝眷思張浚奇遇人誰似馬周活國無权

空涕泣与公同抱百年憂 送

不亞杜陵詩將

廿九

送袁副憲入都

詩極雄俊惟一臥雪二字未穩

戎馬滿江介戈矛日充列東南弟騎屯三年尚妖孽戢戢兩鉅公南豐帥臥雪慨慷萬里心揮灑一腔血西來捲翳霾快若鳳雹摯忽鷙孤掌困淮防亦中撤黃塵蔽天地慘澹露白日征人憂道梗居民佈寇哭青蠅爾何為意白璧詎汙涅所虞天柱傾遂恐地維裂再起勢已移艱難非故轍浮生遂征蓬出位慣鳴咽身微沫敢奮心死恨不滅方欲佐馳驅取次廓寥泬鯨鯢作鱠鯖未啖已先嗌（噎）昔來弟口讙今去千心結呼天隔浮雲征總不可埒再見夫何如蒼茫望京闕

按袁公後諡端敏

删

寄清河吳明府 按吳公名棠卒于四川總督 謚勤惠

清河令吳君棠吏治能聲著在众口慕之久矣因作書与魯通甫詩以寄之近日州縣中錚錚有聲者以所聞見外則六合温君紹原宿州郭君世亨壽州金君光筯皆救世才也將帥多人轉令有心者求才于牧令亦可慨也

海内方多事奇才仗宰官漫憂羣寇烈先使萬民歡中外交推舉江淮讓獨步何由抱瑶瑟來共使君彈

呈張司馬

餓死不受憐所遇況非主醴樽不到筵穆生詎肎處知己苟可
酬束縛吾亦許所處空蹉跎小忠莫能補杜以星巖武詩云束縛酬知己蹉跎效小
忠深感丈人意垂憐出肺腑兵甲滿乾坤何地得安土為借一
枝栖聊息脩脩羽予心甘牧羊未能受相鼠淮水波濤惡三日
苦風雨白髮入夢寐心中搗如杵行將買棹別悲歌入烟渚

及時

寒雨滴仍歇愁雲慘不飛萬方天一氣四海我無歸貐貏猶張
怒雷霆待震威及時籌変局已較去年非

容懷遠朱明府招飲席間感賦呈同飲諸子

亂後盡瘡痍，居民已非舊。我來當樂土，此身遠凶寇。使君能好
賢，招飲衆賓輳。半從賊中來，驚魂出介胄。得此共杯酒，歡疎遠
迹（亦）親厚。新月出東牆，移席向東霤。今宵且痛飲，安問分手後。時
艱無全策，萬事特補救。同爲皇家民，我獨淚盈袖。回首望
鄉井，慘淡無昏晝。昨得營中書，困獸猶死鬭。誰當策貔貅，一戰
清世㝢宙。

署中枯樹

李香谷明府爲言周文忠昔令懷遠時，巨匪嘗以鉅釘
椿其喉于樹上，感而賦此

卅大

署中有老樹枯死猶植立風雲氣未消蟲蟻不敢入嚴哉東阿
公窮凶法必極至今槎枒下夜深鬼猶泣承平尚橫行貽危事
更急苟無雷電威雨露嗟何及方今天下亂釀之在姑息舉世
尽仁柔公刑無乃刻由來救世心慈祥滿州邑入此共世悲樹
醫復誰恤使君栽薜蘿聊以誌追懷明府憐樹之秃于四圍種薜蘿我來宴樹
下對酒氣梗塞安得天威伸六軍盡起色

贈田四晚田九子駿

與爾為兄弟論心到白頭世情須盡脫真性乃相投愛我宜
思德依人豈自由蔦蘿松植立孤鶴冒優遊

去歲逢田九從戎識判官獻籌心太熱隨陣雪初寒漫灑英雄淚真成骨肉歡壯心同未已把劍倚雲看

僕歸

汝歸予未能相送淚如霰平安報老親相思不相見全家痛顛連田命僅一線先後聞歸廬潛伏不敢面報匹禍未已嚴君尚異縣田詛各依然一家慘獨變官軍去不來：亦恐不戰舒廬萬佛貌兩載功未建　聖恩且寬仁草野安敢怨望雲祝哽嚧汝歸為視膳但言客地安休言苦依戀依人終豈長歸心日如箭落日望去帆平淮淨如練相期更早來毋令望眼穿

廿七

過朱明府于何孝廉座上三飲其署即席送明府之福中
丞營內
何郎宅裡重相見曲徑追隨入署來山雨薰句新放霽庭花三
過始全開未須遠慮愁兵甲且共豪談縱酒杯見說李侯趋
幕府隴西從古出雄才

李朱二明府連日招飲再送李侯
即送李明府之福中丞營

痛飲消煩憂兩侯互主客招邀屢易賓獨我日到席交淺意已
深縱橫吐胸臆庭花開未休向人猶媚色仰首見蒼鷹盤空虛
振翮狡兔滿群山逡巡不一擊毋乃時未秋失机良可惜吾儕

卅八

宴匪安歡杯傾氣屢塞明朝鄭侯去相思更朝夕直道固知世憎
俯仰非所適萬事任天命趁時復何益

五日觀龍舟

烽燧滿南天江漢汨羣盜淮流幸安瀾居民鬭奇妙趁標众艇喧
奪息兩岸笑縱横雨點飛千手各一櫂蒼生正望霖有尾不能
棹神物伏深潭世皃葉以好事屈更何人惟聞金鼓鬧我心
負深悲强排應朋旨歸來伴孤燈淚落紛如瀑

偕崔昭亭董嘯菴兩學博遊荊山用東坡遊荊山塗詩韵

荊山未云高到來已天半俯視萬家烟嗩騰轉悲歎地經兵火

卅九

餘佛宮去一椽居民感舊雲香火日來裸老樹洞庭陰坐久昧昏旦尋洞吊卞和深岩想圭璜遭逢自古難飄零况世乱西南積雨深淮流增浩漫我身如斷帆風濤日駭汗何時脫險艱欣然登彼岸

○至大乘寺吸乳泉烹茗偕崔董二學博作

量泉夙有名牛乳甘且冽呼僧煮新茗滿腸灌湘香雪立立氣瀟灑鄰南性高潔兵火驅我來後先若合轍乱離聚異鄉愁傷離歡悦滬海正横流斯泉獨淨澈得伏幽隱區氣垢不能湼行（將）就誅茅与尔共高高節

田鶴汀贈扇

纖蒲細意編美錦周遭緣倭絨緝彩霞璀燦光照面自憐淪落身華美非所願君得何處來到手恰然善相遺不在珍得時斯爲便和颸生掌握眠食資清晏古人御六軍揮灑一羽扇氣浸滿世宙東南未息戰何當視聽閑五明揷宮殿

閱官兵先後撲滅連鎮高唐餘逆感賦

妖氛昨歲遍神京餘孽今聞始盪平北去貔貅宜偃息南征車馬尚縱橫藩王自合酬庸重上將如何出塞行終是聖明嚴賞罰諸君急早報功成

〇〇六月九日懷遠署中觀劇

檀板金箏箏細細吟，聞觴環對若深深情。座中獨有主家客，滿耳笙歌淚不禁。

兵火經過地暫安，霓裳頌壽萬民歡。是日恭逢萬壽節 可憐江漢多戎馬，何日君王一倒看。

飄泊何心向舞筵，使君深意太纏綿。蒼生愁苦聊抒洩，莫便朝朝醉管絃。

秋風扇吟

炎風扇酷暑，蛟蚋苦相逼。宵旦互紛擾，一扇借揮斥。乾坤爾輩

多小劍復何益暫使耳目清煩襟一消滌趋炎能幾時秋風在朝夕呵嗟氣候移斯扇亦抛擲微勳豈自鳴主人胡不惜

田灌園招登塗山

灌園居士癯如鶴老病登山興未闌招我夕陽同坐嘯未秋風色已高寒濁淮俯見雙流合玉帛猶思萬國歡戎馬東南重回首哀親飄泊未能安

懷遠送王學博移任壽州

秋風吹葉下梧桐短櫂南惜去篷相識昔從歌舞地重逢今在乱離中冷官久欝英雄氣博士曾參戰伐功此别士民猶戀戀

壽春前路歎花驄

贈合肥李小韓別駕汝琦

客地誰朋友，相逢意倍親。況今經曾陷賊，同是遠依人。戰馬犹南路，妖狐又北鄰。時廬州以南皆陷賊，蒙亳巨匪張樂行稱逆。豈無諸將在，何日請氛塵。澀澀談時事，新詩各數行。飢寒君有室，飄落我無鄉。後會知何地，窮途得老蒼。寶刀思出鋏，風雨正淒涼。

揚明經戴笠圖

東坡死去七百載，肅然一笠今尚在。先生得之冠諸首，蹤迹飄零

隱淮海我因避乱來相逢如萍逐水蓬隨風何時一笠容歸隱南子狂歌天地中

田子駿昔年于金陵屬繪者寫貴宮人刺賊圖乱後索題長歌答之

嗚呼勝朝節義古無敵烈皇親身殉社稷周后自絞妃嬪從六宮慘死無顏色有宮人費年十六眢井無泉死未得落花容乃賜部校羅强作歡顏事酒食天崩地裂山海枯胆碎肝摧不敢哭到此求死死已遲强死翻愁身易辱古來忠義多苦辛荆軻匕首徒殺身豫讓擊衣恨未雪景清衷縞寃誰伸英雄獨有

孫繼婦設計賺取群凶首奇女間出二千年利刃一枝同在手
自稱天潢禮難缺擇吉成歡妝乃設滿賊日斬千人頭此頸頸
留教美人割是時月冷心星垂光帝后尸骨抛宮牆頭顱滿城血
濺地死忠死孝皆蒼黄宮人獨能暇以慭賊將已戕徐自刎逃
官降將不足言烈士忘謀亦可哂淮南田九人中豪慷慨論古
雲天高雄心時已倚屠龍劍壯氣常橫斬馬刀作圖恥寫衣冠
侶巾幗傳神眼起舞吐來眉宇氣若霜忍却心頭淚如雨奧氣
慘澹今三年南天城郭多烽烟將軍不戰戰者死纍纍白骨堆
江邊金陵此禍尤慘酷四百千萬人同鬼錄君昔呼觴問六朝回

卌七

首滄桑痛沉陸昨閱秦淮馬愛香紿賊殺賊趙河亡秦淮妓者馬愛香賊陷城後有偽官二人私入其家欲就宿愛香紿以分二夕獨身來若挾衆至雖死不從賊許之是夕一人至愛香勸飲極醉奪刀殺之其一人次晨來覘愛香伏門側刺之急趙闖于外投河死金陵陈刺史芬爲予言其事因題因而表出之

乾坤正氣多女兒我更來覘一斷腸

○揚小坡惠硯墨感賦即以誌別

脫身辭去故鄉隨征無一物走書詒親知沿途貸紙筆荒山盡

樵叟百求弗一出哀憐亦有人忍者乃訛咄回首先人廬一炬

幸雨遏再炬父老求房壞已發振賊兩次焚予屋一滅于雨一父老乞免至今幸存

他物無一存詩書拋滿室逆氣冠拂天經聖宫且燬藝典冊卧

亦

戰馬圖書委瀆澂闈獻尚尊孔斯惇古意匡痛哉天地閑斯文

將絕斯文詎可廢此冠行誠滅不羅水火殘邪之皇仁溢

偷生走異鄉新知半心熱授綵隨地蜀衣麗換綻裂繞膝四十

年晨昏未忍別急端豺虎驅不得相依恍臨辭忍酸淚背親靜

嗚咽攜來墜井閭吞聲繼以血揭生不羈才天馬困泥轍世人

詆顛狂風雅未消歇高歌釋沉憂痛飲送日月相逢賦有遺憂

家缶珍設磬〻端溪石佐以紫光潔到手一揮灑愁腸抒百結

君方去潁川孤帆挂秋雪飛行入燕薊風沙困羈紲後會期情

平臨歧一切恒康屯仗重樞泥塗焉敢說亦知毛錐陋深恐長

劍斫飄零仍墨硯本枝安可奪從此携故人天涯伴寥闊

贈李亦韓

淮上秋風送早寒傷心不獨為衣單窮愁自古詩人事誰似倉州李亦韓 酷似趙甌北詩 送

張筱園贊府率兵往蒙亳剿賊詩以送之

末吏銜軍令曾經斬將來兵戎增壯氣短小亦雄才巨逆憂方大羣狐禍又胎此行多勁旅應見掃氛埃

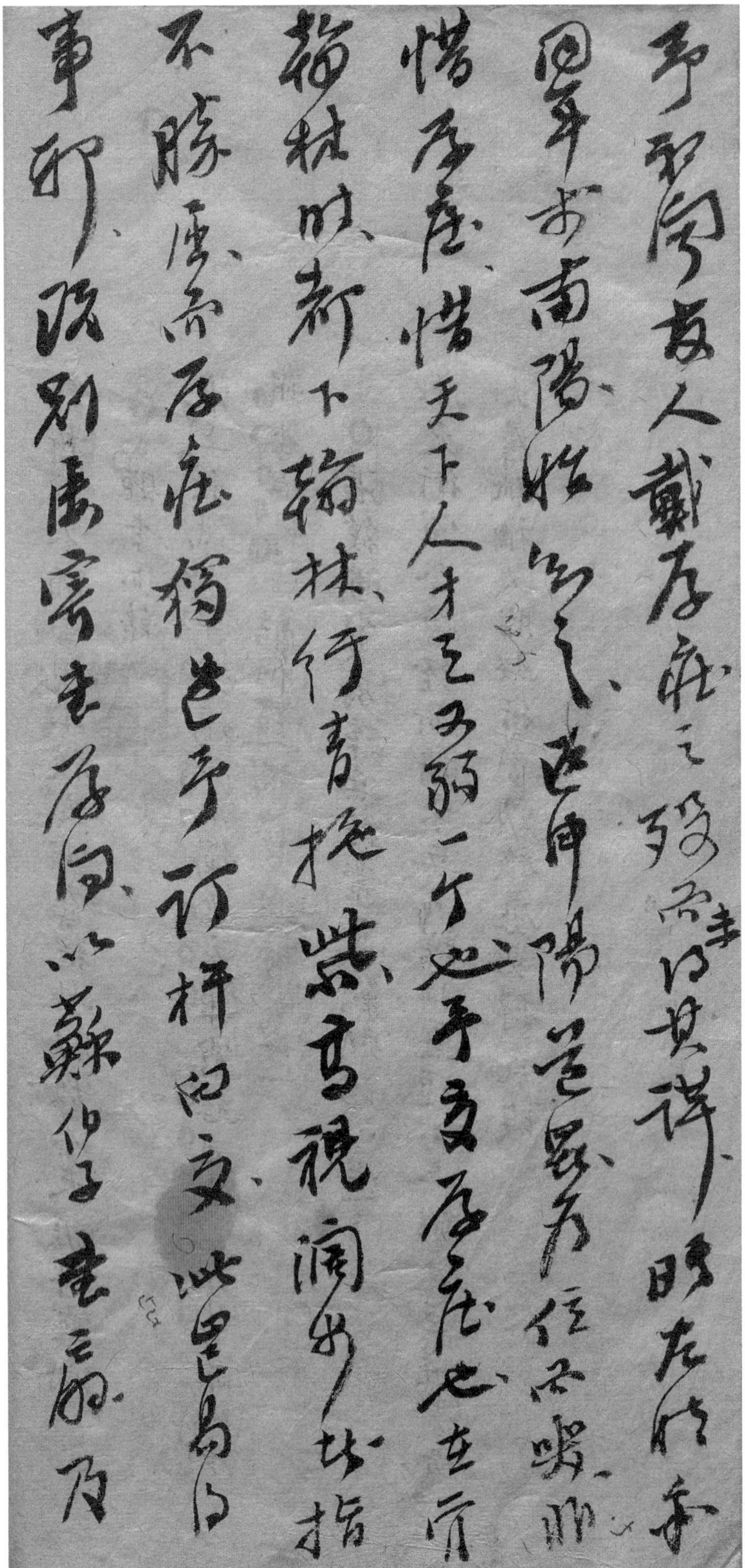

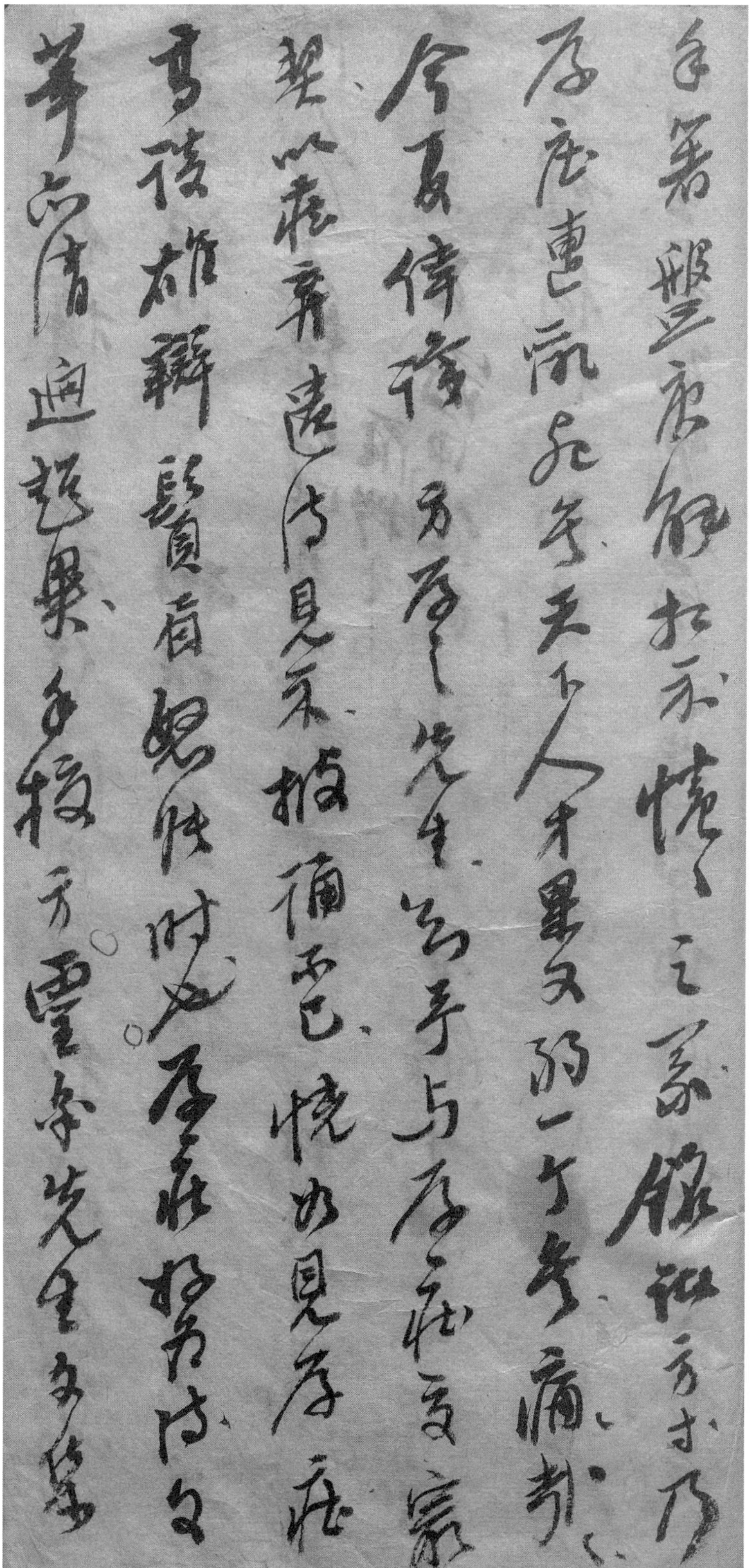

季右付梓、者先哲傳後漢、寺門經緯、先考
鄭康成以後學者、則讀者寡、獨彝之番不肯
隨人步趨、故比年之劇窮漢學、林居二事耶
不無交。呂鶴田、羅椒生兩侍郎外、唯與曾滌生閣學、邵位
西比部、梅伯言郎中、陳[illegible]及予數人而已。然去冬以後
羅出都、梅亦多煩冗、學問而進、事功所得之竟矣

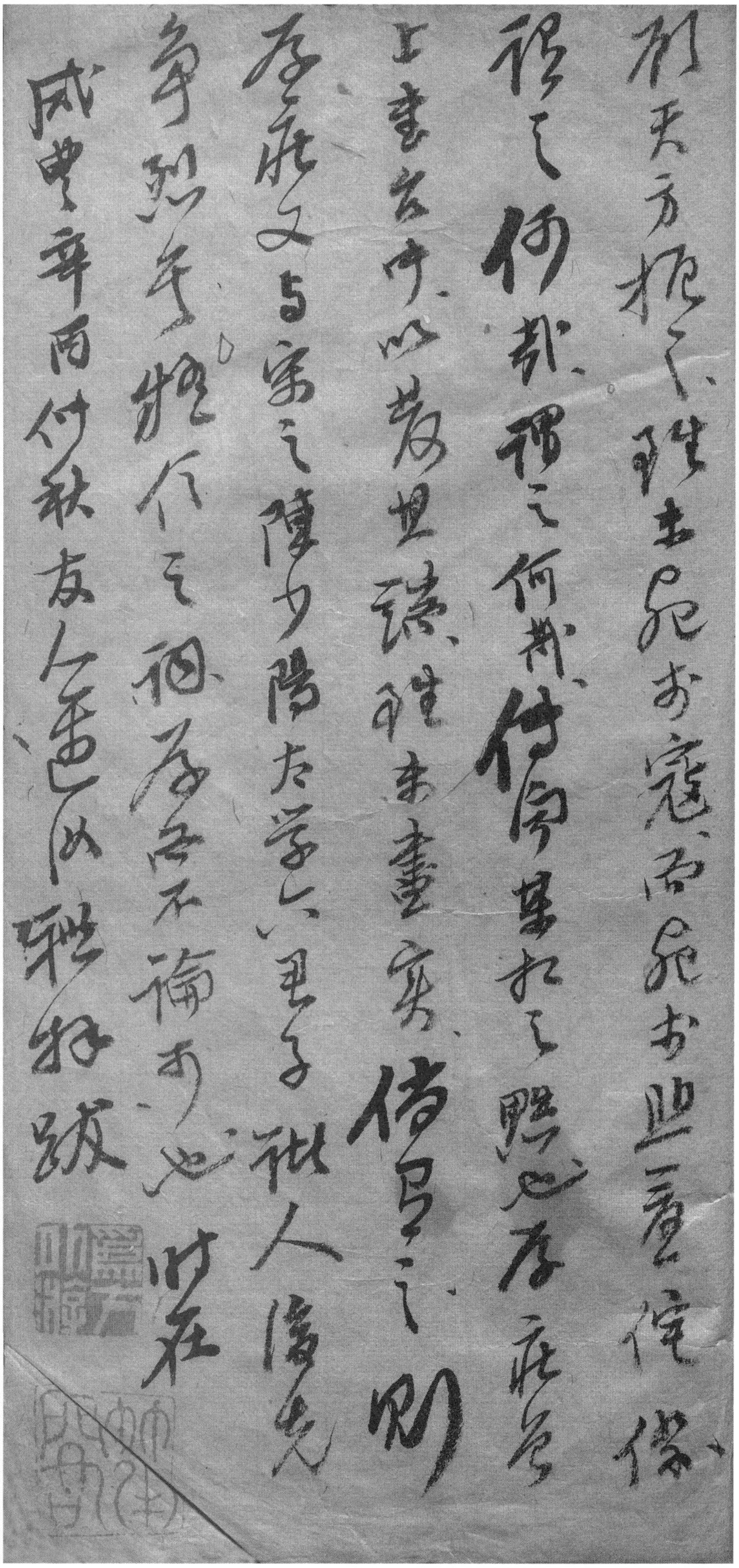

存〻先生閣下：接
手書，承
賜閱〻。戴存莊付之讀竟，[illegible]
精[illegible]刊
[illegible]
[illegible]
[illegible]
[illegible]

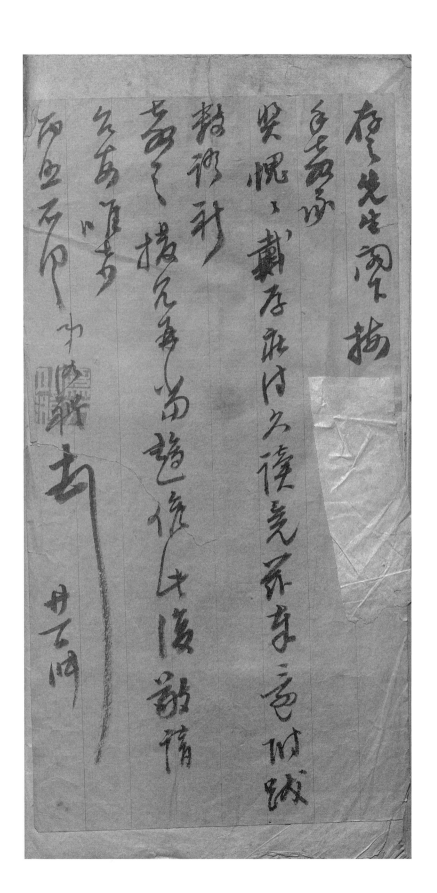

方守彝

貫初軒雜鈔

方守彝

簡介

方守彝（一八四五—一九二四），字倫叔，又號清一老人，安徽桐城人。方宗誠之子。幼承家學，後師事鄭福照。清諸生，官太常寺博士，辛亥後致仕，遍游東南。自言『初讀《易》至「賁」，若有感於斯言，遂名其讀書之軒曰「賁初」』。著有《網舊聞齋調刁集》二十卷。

蕢初軒雜鈔

一卷

賁初軒雜鈔

《賁初軒雜鈔》一卷，方氏緑格鈔本。一册，毛裝。半葉十一行，行字不等，左右雙邊。框高十六厘米，寬十一點五厘米。行間及眉上有朱、墨兩色圈點校改、小字加注。是書雜録文章五篇，所輯爲庚子事變前後史料。依次爲《沈編修（沈鵬）應詔直言摺》（原文發於一八九九年十二月九日《申報》）、《摘録王夔石協揆七月廿九日自宣化府所發家信》《謹述兩宫啓蹕情形》《陝撫岑中丞求言求才啓》《庚子和款》。觀書中字體，非止一人所抄。

賁初軒雜鈔

沈編修應詔直言摺

編修沈鵬謹呈為應詔直言敬祈據呈代奏事竊職伏讀五月初
二初五等日　上諭因旱災形成各將譴論蒙逮初廿仰見　朝廷宵
旰憂勞至意職隨於二十日恭具一疏當書齋呈當無得代遞以未合
體制格不得上今者畿內雨澤既降臣下似可無言矣然甘霖未降
四野久旱生民之憂國家之憂也不得不言也三也在朝上諸姑息
下植徒黨權震天下咸務自士民包藏禍心伺隙以發危及至尊四海懸
心切於剝膚盜賊於是乎窮伺強敵於是乎覬覦尤君父之隱憂
國家之鉅患也忍持祿畏罪而不言寧況我朝納言之盛超越百代
乾隆朝孫嘉淦以自是規　高宗道光朝袁銑以寡欲規　宣宗而倭
仁勝保蘇廷魁諸人並直言不諱於　文宗之朝此皆進言之法直陳云

隱。主聖臣直，著為美談。而我朝之謹舉大臣者，有若李之芳之劾
魏裔介、彭鵬之劾李光地，而彈劾權奸者，如郭琇之參明珠、錢澧
之參和珅，等當時僚之直言不避權貴，是以貪惏斂迹。聖治昌明。欽惟
我 皇太后 皇上敬承祖制，宵旰求言，又何忍於 聖主之前而緘默不
言。來謹申前緒所言而增益其未備，呈請為 皇太后 皇上陳之。竊
大易所言，乾為君位，史官所紀，日為君象，此中國數千年相傳之恒說。又若
古來垂簾之政，則惟宋之宣仁太后，治稱極盛。此外如漢之和熹鄧皇后，
后亦有美政紀於簡編。然考其時，皆國君嗣服，尚在沖齡，姑暫與御。如漢
安帝之年稍長，杜根即有諫言；而宋章獻太后之時，范仲淹亦常請
之。若今日我 皇上之御臨天下，已二十餘年矣。而去秋八月，臣下猶奉
皇上籲請 皇太后訓政者，此惟聖母之慈，聖主之孝，孝越萬古超

軼尋常甚遠　皇上因遺逆臣康有為之言而顧請　皇太后以宗危
疑惑謂　皇上因聖體違和而顧請　皇太后以持國計逮今一年以來
皇太后之調護　聖躬而訓啟　聖聰者盡已　令德日隆而聖體日康矣
為　皇太后計則歸政之時也惟今日者咸謂　皇上以時事多艱而欲仰承聖
慈訓　皇太后亦以國事為重而略形迹之嫌疑此則　聖慈聖孝自古[illegible]
昭臣下豈敢有他說獨是此道　皇上聖躬之安否如何天下萬世不能不
以為　皇太后之責任何則必有魯恭袁敞楊震以為之臣而後得成和熹
之治尤必有司馬光呂公著文彥博以為之臣而後得成宣仁之治況司馬
光呂公著諸人雖奉宣仁聖太后以為政其於宋之帝固亦職分之謹也
若今日之迭在朝廷擁權藉勢上託聖慈之倚畀陰與君上為仇讎而其
餘之以世僕而鞅鞅於其主以臺閣而窮窮於志失者咸有不利其君之

心以為永保富貴之計，核其情狀，往往而然。而三凶乃為之魁。三凶者何？大學士榮祿、大學士剛毅、太監李連英是也。榮祿少以妄言營私，廢斥多年，近十年倒乘賂通顯，又忌皇上銳用之恩，而仍倒行逆施，為害方甚。為軍統領也，已上恃皇太后之親，下恃恭親王之威，玩視朝旨，三令不從。此任北洋不及半年，激怒皇上，幾欲加誅。夫人臣而為聖主之所欲殺，則其平日之跋扈可知。今則內掌樞機，外握兵柄。夫自古及今，內外之權又相侵，則相之柄不專握，誠以防主弱臣強，禍生不測之。曹[illegible]操於漢有此權，則陵君矣；司馬昭於魏有此權，則弒主矣。今榮祿既為軍機大臣，而又節制武衛五軍、北洋各軍，近聞蘇元春練兵江南，亦歸節制，兵權之盛，請學乃於南洋，而且督撫保人材，則歸其差遣；外省財利，盡則供其軍械。威權之重，震動天下。我朝所有權臣，如敖拜、明珠、年羹堯、端華、肅順之徒，亦其勢力

佞榮祿於幾微生畏之未識　皇太后何以為　皇上地也否今榮祿此時初心力保而此後
則勢必席勝帝不得復下武亡憲失必起奸謀禍亂之來未知所底矣古來史
冊所載權臣挾母后之親而不利其嗣君者不少也況今日榮祿之於我皇
上乎此可慮者一也　剛毅外託清廉內實貪鄙凡聞其平日賞通饋遺於閹
寺設典肆於都門既為軍機大臣則開倖上之心善回天聽且其素也乃去年
皇上變法時剛毅輒抗違激擾以數　皇上怒擲章奏切去秋之變平情衡論
由剛毅筆激成之也　皇太后訓政之初剛毅首以殺戮士人鉤稽黨逆為務
幸而　皇太后聰明仁恕祇戮數人不事株連若竟剛毅之心不至盡殺士
類不止矣士與民國家之赤子聖主所愛惜者也乃剛毅之奉命江南也則任其
貪官吏肆意追呼閭閻驚擾而又裁撤學堂摧傷士氣稍稍萬有限之歲
失千百萬之心去江南士民感戴　皇上紀誦聖德側中外之訛傳輒用怵惕寡

疑其用情勤雖愚其愛君勤摯剛毅必指爲漢奸權奸挫辱之人一念愛君即
爲漢奸則必仇視　皇上勝誹吝使而後爲大清之良臣中國之良士是則率國人而驅
皇上者剛毅也甚毅必於人　皇上爲何如哉此可慮者三也歷古以來漢以唐以
明皆有宦官之禍漢之宦官如曹節侯覽張讓等明之宦官如王振汪直
魏忠賢等皆擅竊威柄荼毒生民而卒以把其國然此其人皆志存蒙蔽天子以成
其奸私而已弒逆之事惟唐之宦官廢立由其專擅弒逆出於倉卒若憲宗
則弒於陳宏志之手若敬宗則弒於劉克明之手寺人謀逆可爲寒心哉我　朝懲前
毖後家法森嚴閹寺小人不得與政事防微杜漸宜無漢末明季之患矣今之李
蓮英者以一宦寺而屢經彈劾罷官去者數（已非一）人聞其太監已有資財數十萬矣
不由貪婪此財何由而得不爲作威福何以遂其貪婪今日者結其天下之人情否
中外之流言上撓我　慈聖之聲名下起彼逆臣之口實其爲罪惡已不勝誅而

其最可慮者此日隱患伏於宮禁之間異日必禍發於至尊之御蓋李蓮英之
所恃者　皇太后而見而不快者我　皇上也故比年來頤和園奔走之官僚內務府執事
之臣僚凡得展轉通謁太監能聲氣者一久居僚等未通謁太監起家而致身
結束者無不指斥乘輿而詆諆聖德也然則該太監之設心實處於皇上為仇
此乎唐憲宗之於陳宏志未盡於誅之也而陳宏志卒弒之以服藥暴崩告
矣唐敬宗之於劉克明未盡於誅之也而克明卒弒之於飲酒燭滅時矣刑餘之
人心狠手辣自古然也此可慮者三此三人行事不同而不利於　皇上則同且權勢所在人
爭趨之今日凡旗員之掌有兵柄者已戢不隸榮祿而亦榮祿之黨援也凡旗
員之勢位通顯者已悍不若剛毅而亦剛毅之流亞也而旗人懷奸之情姚進
至恥者日見陰附和勢而入於三人之黨時勢至此人心至此可為痛哭流涕
長太息抑竊謂不殺三凶以攝厲其鋒則將來　皇上之安危未可知也蓋此三人

在今日内藏奸慝之謀外託公忠之狀禍伏隱昧似無可顯言於朝不知涓涓不塞將
成江河也之謂之猶可塞也及其江河則一決而不可止而況此三人者惟 皇太后能生殺之
操縱之生殺之 皇上不材非其具敵也 今來 皇太后訓政之日令榮祿之权總剛毅之暴
除李連英之毒以絕一切不軌之謀須收束兵窮之禍維在於 皇太后一説令再若
異日者榮祿則黨羽遍滿盡收天下之勁兵剛毅則擊斷恣睢盡挫天下之志氣李
連英則盤踞於內患生肘腋防不勝防奸黨滿朝內外一氣此時我 皇上孤立於上惟
委政權奸聽命宵小或可圖旦夕之安一有變端則危難立至此時即有效忠者亦
何異於董卓朱溫之前保漢唐之主尚有濟哉春秋傳曰無使滋蔓蔓難圖也
正謂此也自皇太后皇上明曲突徙薪之謀鑒滋蔓難圖之義亟收榮祿之兵權而
擇久任督撫忠懇知兵者分領其衆懲剛毅之強暴而用慈祥仁愷之人李連英
閹尹小人復何足惜除惡務盡不俟終朝以此則 皇上重安於泰山以寧天下之望矣

寔非徒為　皇上計也今天下時勢尤甚可危矣自各口通商以來天主耶穌等教行
中原各省之人民進教者通計約亦數百萬人自髮粵捻回各逆平定以來各省裁
撤之兵流為哥老會匪二十年來展轉勾引日聚日衆跡匪詭秘不可究詰東南
各省其地會黨而各省之劇賊積盜窩伏充斥比年來焚教堂戕教士乘釁肇
亂者層見迭出去以各省教會各匪劇賊積盜之潛伏亦不下若此之多設朝
廷一旦有事必有乘間竊發揭竿而起若彼西洋各國約從連橫得寸得尺大
啟覬覦則不顧中國有事以收漁人之利豈真有一國可恃南宋恃元卒亡於元
此殷鑒也竊謂權奸在朝可擅在內則主權弱而禍變不可知有禍變則盜賊
起而天下亂奸人於是乘間而割削我中國不有明末流寇之變則有晉宋之胡
之亂此時雖食榮祿剛毅李連英之肉亦何足以謝天下然則今日願我　皇太后
皇上思患預防懲治權奸所以保　聖躬即所以固大清基業也此固普天忠憤之

之人所皆係諉也　皇上告戒之所爲不惜首領而陳此言也伏願於戒愚悃代陳於
聖主之前戒聊百官請看論語邦有道危言危行邦無道危行言孫今皇太后皇上
發求諫之聰明目無及芻蕘若慮觸忌犯諱而不使上陳非所以勵有道之邦對
聖明之主若慮其妄言熒聽則聖明燭照自有權衡固無庸大臣代爲慮及且伏攷
本朝掌故若咸豐七年編修蔡某八年呈請禁絕京城錢票徧以嚴刑當掌院
大臣以其所見迂謬詳加開導劉某年堅請代奏直待題皇帝明諭申飭則
其年雖無異言可見當芻蕘之陳必達　聖聽戒謹援此例披瀝具呈堅請代
奏至於狂瞽之談干冒震嚴以及廣陳公論嘵嘵之瀆請已干大不敬之律斷不諱
語例之從寬請中堂奏聞朝廷嚴刑治罪無所推諉戒不勝區區之誠謹具
呈伏乞代奏皇太后皇上聖鑒謹呈

摘錄內閣原摺（王夔石協揆）七月廿九日自宣化府所發最傳　七月廿九日宣化出發

七月十二日裕帥由北倉退至楊村，又退至蔡村，裕帥以手槍
自盡。李鑒帥十四日抵河西務，所統張春發、陳澤霖兩軍不戰
自潰，鑒帥亦服毒自盡。洋兵進逼通州，十六日即有西巡之旨，
因車輛不齊，遷延未行。至十九日晚，城外大砲隆隆不絕，廿早喜鵲
打門，一帶砲子如雨下，午砲聲更甚，忽傳天安門及西長安門已經失守，
究不得真消息。慶帥在內值宿未歸，禁門已嚴閉，不能出入。至廿
一日早，慶邸坐轎回來，始知太后、皇上已於黎明出城矣。慶邸自
廿共見五次，至亥刻見面，僅剛、趙二人矣。太后云：只剩汝等三人在此，其
餘均各自回家去，我母子二人不管，你三人務須隨扈同行。並諭慶
邸：汝年紀太大，尚要汝吃此辛苦，汝可隨後趕來。剛、趙二人未能騎
馬，必須隨駕同行。等諭，慶邸跪奏：臣必趕來。皇上亦云：汝務要

以下由中外日報校改凡字旁
加〇者皆日報之文也

來云云玉夜半見面又說不走豈知甫及天明兩宮已倉猝出宮
狼狽慘情形不堪言狀兩宮均是便衣與庶民無異是日我
同時段因後門東華門均不開不能回宅並知兩宮由德勝門出
門遂於已刻街出後門至靈轉庵中小住
因洋兵進城遂由府少憩府中皆設義和團文其時安定門德勝門城上均有洋兵毀民
來往放槍街上亦有洋兵往來不肯而不復已於日避居僻壁韓姓
家族人充內務府差及之生用木門板從牆上度過車夫
命玉下午探聞西直門尚開放可以行走
於韓姓家借銀錢及隨身皆換衣服各人用小色裹背在身
上候玉天黑出城由德勝門十三海一帶行走
是日近夏之明日天復下雨短衣步行出健乃至玉景宅借

謂住一夜，其時城內槍砲之聲已停，但見城門外滿天大光
酉巳至寅，初探知西直門已開（洋兵未至，華兵已逃），無人盤問，逃難之人不少，
本擬坐車出城，因沿途潰兵搶車搶牲口，故先將車馬令劉升等人押出
城外。巳三先生、外舅步行出西直門，至大橋外始坐騾車
三先生騎騾，所帶僕從十六人均步行，繞至海甸，飯鋪已閉，勉強一飯。
後即行七十里（二十日）至貫石住宿，廿三行四十里至居庸關住，廿
四行八十里至懷來縣，始知兩宮先於廿三日到岔道驛，一日後趕
到，已啟行。見面廿五日起即隨鑾同行五十里至沙城住，廿六行四十
里至雞鳴驛住，廿七行六十里至宣化府城住，廿八、廿九休息三日，擬
初一日起驛，往山西大同府至山西省城太原，預八月中秋後，四十里（廿一千）七
次出京危極之至，沿途居民鋪戶均被潰兵、兵少，隨鑾為危

錢錢西行搶至寶之皆空擬附驚古及再加焉駐蹕之時千乘萬騎
預買强取更不堪寫目過未覓加驚既過之後則靡有孑遺矣焚村甚多
後沿途無店多住無飯多買只搶得兵勇搶剩之物掌子均在自地上
用喫大麥飯聊以充飢而已然本處亦無取粥均是空手後勉
予雖不能與潰兵一路難處未有不遭害者

謹述兩宮啟蹕情形　亦王撰相家信

太后皇上均坐車至七十里貫石始由西光裕驗行李
敘馱轎三乘　皇上與倫貝子同一乘至懷來縣之尹
備大轎一頂宣化府又備四頂兩宮皇后阿哥始均
易轎子兩宮均是便衣　太后穿藍布夏衣亦不梳
頭　皇上穿黑紗長衫黑帶灰色戰裙兩條鋪蓋

以下日報迄未載

行李一概未帶出京之日皇上均睡光炕無被無褥無替換衣服亦無飯吃之小米粥此從古未有之慘可憐已極竟有不忍再言者至懷來宣化始由地方官陸續進奉始稍舒服矣此次嬪妃及宮女等均未帶出大監亦不多諸王貝勒等隨行亦不多其餘均一概未帶來禮王榮和啟大人亦尚未來所有隨行者不過慶王端王那王肅王倫貝子樹貝子及公卿數位而已堂官隨行者剛趙英王溥吳大人各部院司員共十一二人滿小軍機二人漢小軍機一人神機虎神營八旗練軍仍千餘人馬玉崑保駕及各營官弁兵丁約千餘人兵丁到一處空一處因鋪戶均已閉門逃走實在無處去買亦無怪其然也

陜撫岑中丞求言求才啓

撫陜使者岑春煊敬致詞於陜西全疆官紳士庶。春煊性情
戇拙。学植荒疏疎。受先襄勤公庭訓。祇知　君臣之大倫。不顧
身家之私計。自承　恩蔭。洊歷卿班。兩領屏藩。慙無寸效。今
夏率隴上車馬。由边外馳京。甫覲　天顏。奉　命會辦察哈
爾防守。　陞辭出郭。而都城戒嚴。心戀　兩宮。未忍遠去。既
而　鑾輿出狩。扈　蹕西來。仰蒙　俯念微勞。疊
頒懋賞。秋閏三月日。於太原　行在奉　旨擢授陜西巡撫。
天恩逾量。中悃悚惶。自顧何能。敢膺重任。惟是　国家
多故。時事艱難。飾讓偷安。於心何忍。趨　朝拜　命。勉為此
行。吾秦雨澤愆期。己成荒歲。窮簷黎庶。無以資生。飢饉之

内憂甚於軍旅之外患。宣布　德意。振撫災區。察吏練兵。籌防固圉。凡諸政令。如何設施。須入陝境。業經接受關防。念與全秦官紳士民皆有一日之義。凡春煊識力所不逮及願聞者臚列於後。我輩人爵虽殊。均屬　聖清臣子。忠肝義膽。人有同心。况當創鉅痛深。尤賴和衷共濟。敢求志士。副余厚期

光緒二十六年閏八月岑春煊敬言。

計開

一凡春煊有過。無論巨細。務貺直言。立即遵改。

一幕府賓友言不及私。如有假冒招摇者。立執其人送臬懲辦。

一文武隨員差弁。有向地方官需索酒食貲財。立望告知。從嚴懲辦。若地方官甘心餽送。一經查覺。予受同科。

一既有文武巡捕官。專司巡查及執柬傳話。途次署中概無門丁籤稿執帖種種名色。一二僮僕。只管衣履。不與外事。

如有假冒僕從。招摇漁利者。希捆送來轅。從重治罪。 一前在
太原。將所部馬步各旗。奏改為威遠軍。屢經嚴加訓誡。如有
不守營規。擾害閭閻者。希捆送來轅從重治罪。 一春煊此時扈
蹕。及以後按臨府廳州縣。飲食皆自攜帶。即臨時購買
亦照市價交易。絕不擾累地方。凡無驛館處所。住宅勢須借用。
餘如燒茶夫。挑水夫之工貲。茶碗燭臺之賃貲。皆自給發。若有餽
酒食以獻媚。藉苞苴而營私者。一絲一毫。必予叅處。 以上六條為
春煊律身之事。 一現在時局孔艱。人所共曉。關中為周漢故
都。民俗惇厚。必知有知恥之人。憂時之士。其能以身許 国
者。願聞卓論。願親長才。一關中向稱殷實。虽今遜於前。必有
憂 君憂民。急公好義之富室。願輸金資以濟 國用者。當視

報効款項多寡分別奏　聞請　旨奬勵　一日下以籌振籌
兵籌餉籌防為幹濟大端如有良謀立盼忠告　一凡舉實政從
無忌諱不限方隅況此艱危何敢拘泥所有輸身輸貲輸言者
無論隱逸之士何省之人但出真心皆在所取無當實用不復深
求　以上四條為今日急則治標之事　一賢才者　国家之元
氣周原膴膴河嶽文輝天地英華必有育於此如有講明聖賢
學術躬行實踐者或才識閎通熟諳天下安危大勢者抑或
長於天文與地農桑求利礼樂兵刑算數者欲求共濟先願
聞名降而下之如有講求泰西一切小技及其語言文字者或
有所需亦備一格　一有孝子悌弟義士節婦皆地方之光
国家之瑞亟願得之其行實奏聞　旌表以勵全秦之風俗以

維天下之人心○　一自兵荒繼作○小民困苦極矣○司牧者自應如保赤子○愛護矜憐○庶此窮黎不至轉填溝壑○聞各地方官仍多玩泄○如縱容丁役○剝削民膏○不恤下情○積壓案件○草野冤苦○長官不得遽聞○哀哀吾民○何以堪此○所望賢紳佳士○明以教飭○如有挾私○轉多未便○　一胥吏舞弄文法○積有年歲○是已嚴加約束○不准索絲毫規費○尤恐暗中作弊○以致隔閡公事○阻抑賢人○外間如有所聞○立望告知懲辦○　一全秦數千里耳目是難周○近尚易知○遠則情隔○在官者望寄鄉書○紳民官為附遞○諸君銜名行號年齒籍貫并布開明○　一春煊少承家學○長受君恩○當此　九廟震驚　兩宮出狩○天人共憤○淚濕枕衾○是秉性庸愚○頗知先務○欲求寸效○端賴群才○吐餔握髮之風○竊有慕

馬○以上六條爲統籌大局刻不容緩之事○總綱三事凡十六條

庚子和款

前因中國北省於西歷五六七八月間擾乱之事既為亘古所無簇違公法並為文明之反对計有四端 一至西歷六月二十號德欽使克林德至總署被華兵奉華兵之命戕害 二同日各使館被圍直至西歷八月十四號聯軍進城始行解散而次國使館者即係中國擾軍幇助團匪所為乃中國政府尚告各國以接濟使館 三西歷六月十一號日本書記生在城门口為回兵所殺又在京及各處之西人都被兵匪搶劫攻擊迫令自行保衛其房屋亦多被毀 四各國人民在北京之坟墓盡被掘毀白骨暴露 五以上情形遍令各國政

府調兵到華，保護本國人民性命，平中國之亂，而辦運進
京之時，華兵尚行阻擋。現中國業已認過，情願與各國議
結，各國因此議定不能更改之條款十二条，以抵以上之損失。

第一款，原任德國克大臣被害一事，務須欽派親王專使前赴德
京，代表中國　皇帝國家慚愧至意，遇害處所樹立銘誌之碑，
與克大臣品位相配，列叙　皇帝國家惋惜此等凶事之旨，書以辣
丁、德、漢文。

第二款，一西歷九月廿五日，即華歷閏八月初二日，上諭內所指
之王大臣等，及日後諸國大臣指出者，皆須盡法從重，分別懲
治，以蔽其辜。二諸國人民遇害被虐之境，五年內概不得舉
行文武各等考試。

第三款因日本書記生被害、中國國家必應從優榮之典以謝
日本政府
第四款中國國家必在各國人民坟塋曾遭侮蔑被掘之處、
建立滌垢雪侮之碑、
第五款禁運中華軍火暨為製造軍火各種器料之章、與諸
國所議仍不開弛、
第六款一凡有各國各會各人等、當庚亂時被害虧累、
中國咸宜從公賠償、華人因從事他國之故、身軀家產殃
及者同、二中國務籌出以上償款、及分還虧欠之來源、適諸大國之
意斟酌先行、
第七款諸國分應自主常留兵隊分保使館、使館境界自行防

守界內禁居華人、
第八款京師至海面須留出來往暢行通道、故與其有碍
之大沽等礮台、皆須一律削平、
第九款京師至海之通道、不使有斷絕之虞、由諸國分應主
办酌定數處、留兵駐守、
第十款　一兩年之久、中國國家務須在各府廳州縣宣示諭旨一
道、載明無論（後開之端：永禁或設或與諸國仇敵之會，違者）首從皆斬犯罪之人如何懲辦、文武考試
如何停止、一并列入、　二中國　皇帝務頒上諭一道通行布
告、以各省督撫文武大吏及有司官於所屬境內、皆有
保平安之責、如復滋傷害他國人民之亂、或再有違約之
行、必須立時彈壓懲辦、否則該管之員即行革職、永不

叙用亦不得借端開脱別給奬叙、
第十一款條約船章及另有關係通商事宜各節、諸
大國裁視有失、全應更使其妥善簡易之處、中國
國家允行照辦、
第十二款總理各國事務衙門必須革故鼎新、暨
諸國欽差大臣覲見中國皇帝禮節、亦應一體更
改、其如何變通之處、由諸大國酌定、中國照允施行、以上
各款若非中國國家允從足適各國之意、各本大臣難許
有撤退京畿一帶駐紮兵隊之望、
壹千九百年十二月廿日各國駐京大臣名署 庚子十月廿九日叙報
拾一月初六日 上諭慶親王李鴻章電奏並條款均

悉、局勝感慨、值此时局艰危、不得委不曲求全、所有
大綱十弍條款、應即照准、其餘詳目仍應竭力磋磨、
該親王等務當勉為其難、惟力是視、以期挽回
全局、欽此、

馬其昶

中庸篇義

抱潤軒文

馬其昶

簡介

馬其昶（一八五五——一九三〇），字通伯，晚號抱潤翁，安徽桐城人。先後受業於方東樹、戴鈞衡、方宗誠、吴汝綸等人。爲曾國藩四大弟子之後聲譽最著者，有『桐城派殿軍』之稱。早年科舉不利，光緒間曾任學部主事、京師大學堂教習，辛亥革命後任清史館總纂。其散文淡簡，是桐城派末期的代表人物。

中庸篇義

一卷

中庸篇義

《中庸篇義》一卷，鈔本。一册。半葉十行，行二十一字，小字雙行同，無框格。開本高二十八點三厘米，寬十八點七厘米。正文及注文標有句讀，眉上有批註。卷端有馬其昶題記，書尾題『光緒二十六年四月二十四日門人李松壽校讀畢』。

馬其昶題記云：『其昶肄業《中庸章句》，兼讀古注疏，嘗掇取一二寫之眉上。間有窺尋，亦附注焉……今第析其一篇節次之大旨，别鈔之，取便誦數。』

《中庸篇義》存世有清光緒中馬氏家刻集本、光緒三十年（一九〇四）合肥李氏《集虚草堂叢書》本、民國十二年（一九二三）周氏師古堂所編書之《三經誼詁》合刊本（與《大學篇義》《孝經篇義》合刊）。

李松壽，又名國松，字健甫，一字木公，號枓齋，馬其昶弟子。

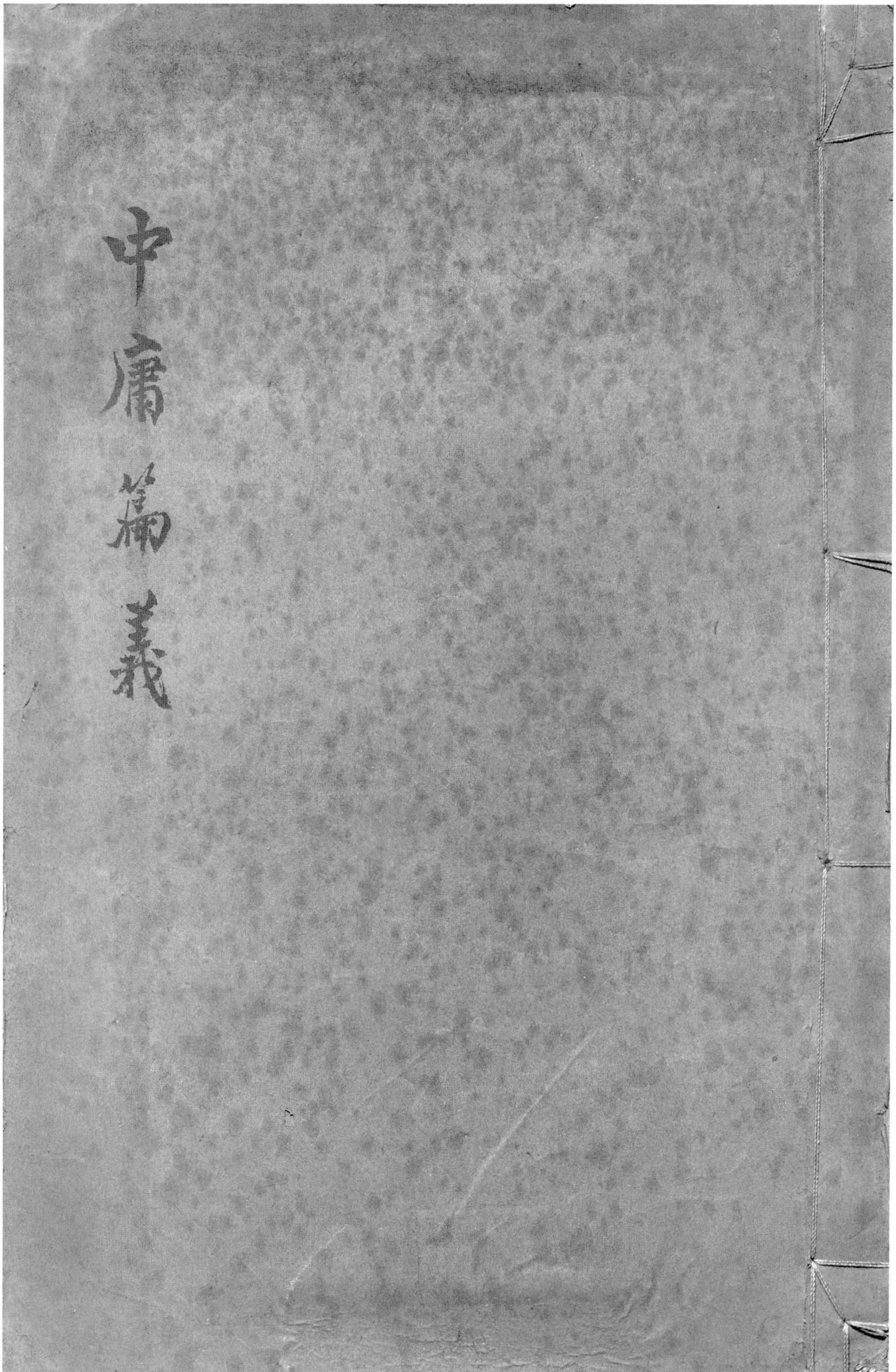
中庸篇義

中庸篇義

其昶肄業中庸章句，兼讀古注疏，嘗擬取一二寫之眉上，間有窺尋，亦坿注焉。夫發明理奧，朱子書備矣。今第析其一篇節次之大指，別鈔之，取便誦數。嗚乎！蓋朱子稱中庸文字整密，吾乃今知其言之精也。桐城馬其昶記

天命之謂性孔穎達曰仁義禮知信是天性自然易云乾道變化各正性命率性之謂道鄭康成曰率循也循道行之其昶案中庸之道也脩道之謂教朱子曰教若禮樂刑政之屬其昶案明誠之教也道也者不可須臾離也可離非道也鄭曰道猶道路也出入動作由之其昶案不離者存誠也至誠無息是故君子戒慎乎其所不

生成得理

睹恐懼乎其所不聞鄭曰小人閒居為不善也君子不然雖視之無人聽之無聲猶戒愼恐懼自修正是其不須臾離道莫見乎隱莫顯乎微故君子愼其獨也鄭曰愼獨者愼其閒居之所為其祀案莫見莫顯猶曾子言十目所視十手所指也君子無終食之間違仁必如是而後為能率性喜怒哀樂之未發謂之中孔曰喜怒哀樂緣事而生未發之時澹然虛靜心無所慮而當於理故謂之中發而皆中節謂之和其祀案能脩道乃能中節中也者天下之大本也和也者天下之達道也鄭曰中為大本者以其含喜怒哀樂禮之所由生政教自此出也致中和天地位焉萬物育焉孔曰致極中和使陰陽不錯萬物得其養育其祀案董子言人之所為其美惡之極迺與天地流通而往來相應此所以能位育之理是脩道之極功也

右第一節朱子曰人知己之有性而不知其出於

天知事之有道而不知其由於性知聖人之有教而不知其因吾所固有者裁之也其昶案此三者實全書之領要自仲尼曰以下即分承三義至篇末則又與此應而引詩以結之也

仲尼曰君子中庸鄭曰庸常也用中為常道其昶案中庸者道之準也小人反中庸君子之中庸也君子而時中朱子曰隨時以處中小人之王肅本有反字中庸也小人而無忌憚也朱子曰君子戒謹恐懼無時不中小人則肆欲妄行

子曰中庸其至矣乎民鮮能久矣朱子曰過則失中不及則未至故惟中庸之德為至

子曰道之不行也我知之矣知者過之愚者不及也道之不明也我知之矣賢者過之不肖者不及也朱子

曰道者天理之當然中而已矣知愚賢不肖之過不及則生稟之異而失其中也人莫不飲食也鮮能知味也朱子曰道不可離人自不察是以有過不及之弊子曰道其不行矣夫朱子曰由不明故不行此舉其不行之端以起下子曰舜其大知也與舜好問而好察邇言隱惡而揚善執其兩端鄭曰過用不及也用其中於民其斯以為舜乎朱子曰知無過不及道之所以行也子曰人皆曰予知驅而納諸罟擭陷阱之中而莫之知避也人皆曰予知擇乎中庸而不能期月守也朱子曰又舉不明之端以起下子曰回之為人也其昶案人仁同字擇乎中庸得一善則拳拳服膺而弗失之矣朱子曰行無過不及道之所以明也子曰天下國家可均也爵祿可辭也白刃可蹈也中庸不可能也其昶案前舉不行不

明之端背愚不肖者之不及此又舉賢知之過以起下也子路問強子曰南方之強
與北方之強與抑而強與鄭曰而之言女也其昶案以其高勇故曰抑女之所謂強
與寬柔以教不報無道鄭曰犯而不校南方之強也君子居之
衽金革鄭曰衽猶席也死而不厭北方之強也而強者居之其昶
案而強者斥子路居謂樂其俗居其地也君子喜南方風氣之不過強故居之下復申言君子之強乃大勇也
故君子和而不流強哉矯鄭曰矯強貌中立而不倚強哉矯
國有道不變塞焉強哉矯鄭曰塞猶實也不變以趨時國無道至死
不變強哉矯其昶案剛為天德君子以自強不息故居達德之終
右第二節言道之體乃至中而不可過不及也道
本於性性者何三達德是已率性者率三達德之

性而準之以中是之謂道舜大知顔子為仁夫子告子路以君子之勇皆所以求中也

子曰素隱行怪鄭曰素讀如傃傃猶鄉也後世有述焉吾弗為之矣其祀案惟庸行無赫赫之名君子遵道而行半塗而廢吾弗能已矣其祀案惟庸行可久君子依乎中庸遯世不見知而不悔唯聖者能之朱子曰不素隱行怪則依乎中庸而已君子之道費而隱朱子曰費用之廣也隱體之微也其祀案費而隱則不必素於隱矣求道於費可也夫婦之愚可以與知焉及其至也雖聖人亦有所不知焉鄭曰舜好察邇言由此夫婦之不肖可以能行焉及其至也雖聖人亦有所不能焉天地之大也人猶有所憾故君子語大天下莫能載焉語

小天下莫能破焉朱子曰君子之道其大無外其小無内詩云鳶飛戾天
魚躍于淵言其上下察也鄭曰察猶著也朱子曰上下昭著莫非此理之用君
子之道造端乎夫婦及其至也察乎天地朱子曰申明道不可離之意
其昶案道無乎不在所以為至庸也子曰道不遠人人之為道而遠人不
可以為道朱子曰眾人能知能行詩云伐柯伐柯其則不遠執柯
以伐柯睨而視之猶以為遠故君子以人治人改而止
朱子曰所以為人之道各在當人之身君子之治人蓋責之以其所能知能行忠恕違道不遠
鄭曰違去也施諸己而不願亦勿施於人其昶案道不外忠恕君子之
道四丘未能一焉所求乎子以事父未能也所求乎臣以
事君未能也所求乎弟以事兄未能也所求乎朋友先施

之未能也其昶案道在子臣弟友庸德之行庸言之謹有所不足不敢不勉有餘不敢盡言顧行行顧言君子胡不慥慥爾鄭曰慥慥守實言行相應之貌其昶案道在慎言行君子素其位而行不願乎其外素富貴行乎富貴素貧賤行乎貧賤素夷狄行乎夷狄素患難行乎患難君子無入而不自得焉其昶案道在處富貴貧賤夷狄患難在上位不陵下在下位不援上正己而不求於人則無怨上不怨天下不尤人故君子居易以俟命鄭曰易猶平安也聽天任命小人行險以徼幸子曰射有似乎君子失諸正鵠反求諸其身其昶案道在反己不怨天尤人此皆率性之實功外是以言道非所謂中庸之道矣君子之道辟如行遠必自邇辟如登高必自

卑詩曰妻子好合如鼓瑟琴兄弟既翕和樂且耽宜爾室家樂爾妻帑子曰父母其順矣乎（朱子曰人能和妻子宜兄弟如此則父母其安樂之矣其祖案此言君子盡道於己可以順親故下言脩道之教必以孝為先也）子曰鬼神之為德其盛矣乎視之而弗見聽之而弗聞體物而不可遺使天下之人齊明盛服以承祭祀洋洋乎如在其上如在其左右（朱子曰發明昭著如此乃其體物不可遺之驗）詩曰神之格思不可度思矧可射思（鄭曰格來也射厭也）夫微之顯誠之不可揜如此夫（其祖案天人同此一誠君子盡道於己不惟感人且可感及鬼神所謂及其至也察乎天地是也）

右第三節言道之用乃至庸而不可素隱行怪也

君子之道始於夫婦之居室終於格鬼神察天地無非庸也以上二節申率性謂道之義道本於性成於敎而語其全體大用可蔽以一言曰中庸故以中庸名篇焉

子曰舜其大孝也與其昶案孝者敎之本也德為聖人尊為天子富有四海之內宗廟饗之子孫保之孔曰陳國是舜後故大德必得其位必得其祿必得其名必得其壽故天之生物必因其材而篤焉故栽者培之傾者覆之鄭曰材謂質性篤厚也栽猶殖也詩曰嘉樂君子憲憲令德宜民宜人受祿于天保佑命之自天申之故大德者必受命孔曰明中庸之德故能受天之命其

昶案此立教之聖人致極中和之驗子曰無憂者其惟文王乎以王季為父以武王為子父作之子述之鄭曰聖人以立法度為大事子能述成之則何憂乎武王纘大王王季文王之緒壹戎衣而有天下身不失天下之顯名尊為天子富有四海之內宗廟饗之子孫保之武王末受命鄭曰末猶老也周公成文武之德追王大王王季上祀先公以天子之禮鄭曰先公組紺以上至后稷也斯禮也達乎諸侯大夫及士庶人父為大夫子為士葬以大夫祭以士父為士子為大夫葬以士祭以大夫鄭曰謂葬從死者之爵祭用生者之祿期之喪達乎大夫鄭曰期之喪達於大夫者謂旁親所降在大功者其正統之期雖天子諸侯猶不降也孔曰旁親期喪著大功之服若天子諸侯旁期之喪則不為服也三年

之喪。達乎天子。父母之喪。無貴賤一也。鄭曰。承葬祭說期三年之喪者。明子事父以孝。不用其尊卑變。其祖案有其德無其位。亦可以盡孝之量。故立教之聖人。不必皆受命者。子曰。武王周公。其達孝矣乎。夫孝者。善繼人之志。善述人之事者也。春秋脩其祖廟。陳其宗器。設其裳衣。薦其時食。宗廟之禮。所以序昭穆也。序爵。所以辨貴賤也。序事。所以辨賢也。鄭曰。事謂薦羞也。文王世子曰。宗廟之中。以爵為位。崇德也。宗人授事以官。尊賢也。旅酬下為上。所以逮賤也。鄭曰。謂若特牲饋食之禮。賓弟子兄弟之子。各舉觶於其長也。逮賤者。宗廟中以有事為榮。燕毛。所以序齒也。鄭曰。既祭而燕。以髮色為坐。祭時尊尊也。至燕。親親也。踐其位。鄭曰。其者。其先祖也。行其禮。奏其樂。敬其所尊。愛其所親。朱子曰。所尊所親。先王之祖考子孫臣庶也。事死如事生。事亡如事存孝之至也郊社之禮所以事上帝也宗廟之禮所以事乎其先也明乎郊社之禮禘嘗之義治國其如示諸掌乎朱子曰郊祭天社祭地禘天子之大祭追祭太祖所自出於太廟而以太祖配之也嘗秋祭四時皆祭舉其一耳禮必有義對舉之互文也

右第四節推言教之本也萬物本乎天人本乎祖事親事天無二理列引舜文武周之大孝至於格天受命饗帝饗親之盛皆不過充其孝之量而已此自誠而明者之事教之所由立也

哀公問政子曰文武之政布在方策鄭曰方版也策簡也其人存則其政舉其人亡則其政息人道敏政地道敏樹夫政

也者蒲盧也。朱子曰：蒲盧，蒲葦也。以人立政，猶以地種樹，其成速矣。蒲葦易生之物，成尤速也。故為政在人，取人以身，脩身以道，脩道以仁。仁者人也，親親為大；義者宜也，尊賢為大。親親之殺，尊賢之等，禮所生也。其昶案：此承前節之義，言祿必本於孝，而饗帝饗親之禮由此生也。在下位不獲乎上，民不可得而治矣。鄭曰：此句誤重。故君子不可以不脩身；思脩身，不可以不事親；思事親，不可以不知人；思知人，不可以不知天。其昶案：知人，知人道也。即知本天本祖之義。天下之達道五，所以行之者三。曰君臣也，父子也，夫婦也，昆弟也，朋友之交也，五者天下之達道也。知、仁、勇三者，天下之達德也。所以行之者一也。鄭曰：達者，常行百王所不變也。朱子曰：一則誠而已矣。其昶案：聖人言性不外三達德言道不外五達道以知仁勇之德行君臣父子五倫之道所謂脩道之教者脩此而已或生而知之或學而知之或困而知之及其知之一也或安而行之或利而行之或勉强而行之及其成功一也子曰好學近乎知力行近乎仁知恥近乎勇朱子曰此言未及乎達德而求以入德之事知斯三者則知所以脩身知所以脩身則知所以治人知所以治人則知所以治天下國家矣凡為天下國家有九經曰脩身也尊賢也親親也敬大臣也體羣臣也子庶民也鄭曰體猶接納也子猶愛也來百工也柔遠人也懷諸侯也脩身則道立尊賢則不惑親親則諸父昆弟不怨敬大臣則不眩鄭曰所任明也體羣臣則士之報禮

重子庶民則百姓勸來百工則財用足柔遠人則四方歸之懷諸侯則天下畏之（朱子曰此九經之效）齊明盛服非禮不動所以脩身也去讒遠色賤貨而貴德所以勸賢也尊其位重其祿同其好惡所以勸親親也（鄭曰祿位所以貴之不必授以官守）官盛任使所以勸大臣也（鄭曰大臣皆有屬官不親小事）忠信重祿所以勸士也（朱子曰待之誠養之厚）時使薄斂所以勸百姓也日省月試既稟稱事所以勸百工也（鄭曰既讀為餼餼廩稍食也稾人職曰考其弓弩以下上其食）送往迎來嘉善而矜不能所以柔遠人也繼絕世舉廢國治亂持危朝聘以時厚往而薄來所以懷諸侯也（朱子曰厚薄謂燕賜厚而納貢薄此九經之事）

凡為天下國家有九經

所以行之者一也朱子曰一者誠也一有不誠則是九者皆為虛文矣其昶案數以九經所以脩治國平天下之道也凡事豫則立不豫則廢言前定則不跲鄭曰跲躓也事前定則不困行前定則不疚道前定則不窮朱子曰凡事皆欲先立乎誠如下文所推是也在下位不獲乎上民不可得而治矣獲乎上有道不信乎朋友不獲乎上矣信乎朋友有道不順乎親不信乎朋友矣順乎親有道反諸身不誠不順乎親矣誠身有道不明乎善不誠乎身矣誠者天之道也誠之者人之道也鄭曰誠者天性也誠之者學而誠之者也誠者不勉而中不思而得從容中道聖人也誠之者擇善而固執之者也博學之審問之慎思之明辨之篤行之朱子曰學

有弗學，學之弗能弗措也。孔曰：問思辨所以擇善而為知，篤行所以固執而為仁。措，置也。有弗問，問之弗知弗措也；有弗思，思之弗得弗措也；有弗辨，辨之弗明弗措也；有弗行，行之弗篤弗措也。人一能之己百之，人十能之己千之。朱子曰：為則必要其成，勇之事也。果能此道矣，雖愚必明，雖柔必強。其袒案教以擇善固執，所以脩格致誠正之道也。

自誠明謂之性，自明誠謂之教。誠則明矣，明則誠矣。鄭曰：由誠而明，是聖人之性者也；由明而誠，是賢人學以知之也。

右第五節，詳言教之功用節目也。自天子以至於庶人，壹是皆皆以脩身為本，推之治國平天下，莫不原於學問之功，此自明而誠者之事也。教之所

以不容已也　以上二節申脩道謂教之義前引舜文武周之大孝皆立教之聖人孟子所謂堯舜性之也若夫學者之入德則非由明善之教不可故曰自誠明謂之性自明誠謂之教也

唯天下至誠（其昶案誠者性之德也）為能盡其性能盡其性則能盡人之性能盡人之性則能盡物之性能盡物之性則可以贊天地之化育可以贊天地之化育則可以與天地參矣其次致曲（其昶案次次第也致極中和其次第必由於致曲曲者性體發見之端致即孟子所謂擴充也）曲能有誠誠則形形則著著則明明則動動則變變則化唯天下至誠為能化（其昶案此言誠於內即化於外）至誠

之道可以前知。國家將興，必有禎祥；國家將亡，必有妖孽。見乎蓍龜，動乎四體。禍福將至，善必先知之，不善必先知之。故至誠如神。其昶案：此言幾動於外，至誠即先知於內。誠者自成也，而道自道也。誠者物之終始，不誠無物。是故君子誠之為貴。其昶案：至誠之道，皆所以自成就自道達者。孟子曰：萬物皆備於我矣，反身而誠，樂莫大焉。誠者非自成己而已也，所以成物也。成己，仁也；成物，知也。性之德也，合外內之道也，故時措之宜也。孔曰：措，用也。言無往而不宜。朱子曰：仁者體之存，知者用之發。其昶案：物我同原，性體充塞，本無內外。所謂自成就者，蓋完其自性之全量，非成其區區形骸之小己也。故至誠無息。不息則久，久則徵，徵則悠遠，悠遠則博厚，博厚則高明。鄭曰：至誠之德著於四方，其高厚日以廣大也。博厚所以載物也高明所以覆物也悠久所以成物也博厚配地高明配天悠久無疆孔曰悠久則上經悠遠反覆言之如此者不見而章不動而變無為而成鄭曰言其德化與天地相似其昶案無欲常超於萬物之表高明也仁以為己任萬物一體博厚也通乎晝夜之道而知一念萬年悠久也天地之道可一言而盡也鄭曰要在至誠其為物不貳則其生物不測天地之道博也厚也高也明也悠也久也今夫天斯昭昭之多鄭曰昭昭猶耿耿小明也其昶案無窮者天也即此昭昭之多者亦天也及其無窮也日月星辰繫焉萬物覆焉今夫地一撮土之多及其廣厚載華嶽而不重振河海而不洩鄭曰振猶收也萬物載焉今夫山一卷石之多鄭曰卷猶區也及其廣大草木生之禽獸

居之寶藏興焉今夫水一勺之多及其不測也黿鼉蛟龍魚鼈生焉貨財殖焉其祀案天地山川其大無外其小無內偏端之與全體一也惟其不貳故不測詩云維天之命於穆不已蓋曰天之所以為天也於乎不顯文王之德之純蓋曰文王之所以為文也純亦不已朱子曰引此以明至誠無息之意

右第六節言性之本體與天地同其大也

大哉聖人之道洋洋乎發育萬物峻極于天優優大哉禮儀三百威儀三千朱子曰禮儀經禮也威儀曲禮也待其人而後行故曰苟不至德至道不凝焉其祀案德即三達德天命之性也非三達德不能行五達道故君子尊德行而道問學致廣大而盡精微極高

明而道中庸温故而知新敦厚以崇禮其昶案聖人復性以禮經世亦以禮故曰克己復禮為仁顏習齋氏言尊德行以下云云皆敦厚以崇禮也所謂德至而道凝也是故居上不驕為下不倍朱子曰倍背同國有道其言足以興國無道其默足以容詩曰既明且哲以保其身其此之謂與其昶案此言聖人有至德要道所以能盡其性能盡其性乃能時措之宜而保其身子曰愚而好自用賤而好自專生乎今之世反古之道如此者烖及其身者也鄭曰反古之道謂曉一孔之人不知今王之新政可從非天子不議禮不制度不考文鄭曰文書名也其昶案周禮外史掌達書名於四方鄭彼注云古曰名今曰字今天下車同軌書同文行同倫其昶案天子議之為禮天下行之為例禮器之大倫疏倫猶例也雖有其位苟無其德不敢作禮樂焉雖有其

德苟無其位亦不敢作禮樂焉。鄭曰：言作禮樂者必聖人在天子之位。子曰：吾說夏禮，杞不足徵也；吾學殷禮，有宋存焉；吾學周禮，今用之，吾從周。王天下有三重焉，其寡過矣乎！朱子曰：三重，呂氏謂議禮、制度、考文。國不異政，家不殊俗，而人得寡過矣。上焉者雖善無徵，無徵不信，不信民弗從；下焉者雖善不尊，不尊不信，不信民弗從。朱子曰：上謂夏商，下謂聖人不在尊位。故君子之道本諸身，徵諸庶民，考諸三王而不繆，建諸天地而不悖，質諸鬼神而無疑，百世以俟聖人而不惑。質諸鬼神而無疑，知天也；百世以俟聖人而不惑，知人也。鄭曰：知天知人，知其道也。是故君子動而世為天下道，行而世為天下法，言而世為天下則。遠之則有望，近之則不厭。詩曰：在彼無惡，在此無射；庶幾夙夜，以永終譽。君子未有不如此而蚤有譽於天下者也。（其昶案：此言聖王在上，制作禮樂，所以能盡人物之性。）仲尼祖述堯舜，憲章文武；上律天時，下襲水土。（鄭曰：律，述也；襲，因也。孔子曰：吾志在春秋，行在孝經。孔子兼包堯舜文武之盛德，而著之春秋，以俟後聖。）辟如天地之無不持載，無不覆幬。（鄭曰：幬亦覆也。）辟如四時之錯行，（朱子曰：錯猶迭也。）如日月之代明。萬物並（竝）育而不相害，道竝行而不相悖。小德川流，大德敦化。此天地之所以為大也。（朱子曰：小德，全體之分；大德，萬殊之本。其昶案：孔子不必得位而能配天地，其德大也。）唯天下至聖為能聰明睿知，足以有臨也；寬裕溫柔，足以有容也；發強剛毅，足以有執也；齊莊中正足以有敬也文理密察足以有别也朱子曰聰明睿知生知之質其下四者乃仁義禮知之德其昶案此言孔子能盡其性也溥博淵泉而時出之溥博如天淵泉如淵見而民莫不敬言而民莫不信行而民莫不説是以聲名洋溢乎中國施及蠻貊舟車所至人力所通天之所覆地之所載日月所照霜露所隊凡有血氣者莫不尊親故曰配天孔曰更申明夫子蘊蓄聖德俟時而出日月所照之處無不尊仰其昶案此言孔子能盡人物之性也唯天下至誠為能經綸天下之大經其昶案脩道之教也立天下之大本其昶案率性之道也知天地之化育鄭曰至誠謂孔子也大經謂六藝而指春秋秋也大本孝經也其昶案化育天命之性也夫焉有所倚鄭曰無所偏倚其昶案不偏於過不及不倚於隱怪故曰中庸肫肫其仁淵

淵其淵，浩浩其天。朱子曰：肫肫，經綸也。淵淵，立本也。浩浩，知化也。苟不固聰明聖知達天德者，其孰能知之。鄭曰：言唯聖人能知聖人也。其昶案：固聰明，謂專固其聰明以達天德，不旁岐誤用也。

右第七節。言性中之功用，唯孔子為能實盡之也。

以上二節，總道教而歸之於性，以申天命謂性之義也。蓋性之體至大，而其用至實，盡性者必盡其性之量，如天地。欲盡性之量，又必實致其盡性之功，如夫子贊化育，參天地，皆有其實事，非虛言也。前引仲尼之言以發端，至此復述仲尼之行以實之。故中庸一篇，鄭目錄云：孔子之孫子思伋作之以昭明聖祖之德也。詩曰：衣錦尚絅。（朱子曰：褧絅同襌衣也。）惡其文之著也。故君子之道，闇然而日章；小人之道，的然而日亡。君子之道，淡而不厭，簡而文，溫而理。（朱子曰：不厭而文且理焉，錦之美在中也。）知遠之近，知風之自，知微之顯，可與入德矣。（鄭曰：自謂所從來也。三知者，皆言其睹末察本、探端知緒也。朱子曰：前言聖人之德極其盛矣，此復自下學立心之始言之，下文推之以至其極。其祖案：闇然為己，所以求誠也。欲達天德者，由此入矣。）詩云：潛雖伏矣，亦孔之昭。故君子內省不疚，無惡於志。君子之所不可及者，其唯人之所不見乎。詩云：相在爾室，尚不愧于屋漏。（鄭曰：室西北隅謂之屋漏。）故君子不動而敬，不言而信。（其祖案：不疚不愧，慎獨之功，須臾無間也。結率性之謂道。）

詩曰奏假無言時靡有爭朱子曰奏進也進而感格神明極其誠敬無有言說而人自化是故君子不賞而民勸不怒而民威於鈇鉞詩曰不顯惟德百辟其刑之是故君子篤恭而天下平其昶案勸威而至於不用喜怒篤恭而至於天下平中和之極致也結脩道之謂教詩云予懷明德不大聲以色子曰聲色之於以化民末也詩曰德輶如毛毛猶有倫鄭曰輶輕也德之易舉而用其輕如毛耳倫比也上天之載無聲無臭至矣其昶案中庸其至矣乎無聲無臭之至實中庸之至也結天命之謂性

右第八節始由天以及人此復盡人而合之於天是故中庸者與易相表裏明天人之書也夫聖人之書誠不可以文論然要其屬辭之序有不可誣

者。太史公言好學深思心知其意。學者第即文以求通其意。則義理精微。益將有貫串浹洽於心者矣。昔漢世經師。最重章句之學。朱子論讀書之法必曰從容乎文義句讀之間。文事之有益於解經者如此。蓋亦行遠自邇登高自卑之意云。

光緒二十八年四月二十四日門人李松壽校讀畢

抱潤軒文

一卷

抱潤軒文

《抱潤軒文》一卷，稿本。一册，毛裝。半葉十行，行二十一字，無框格。開本高二十九點七厘米，寬十六點二厘米。首有光緒二十六年（一九〇〇）范當世、光緒二十九年（一九〇三）王尚辰題識各一則。眉上及篇末有陳三立、吴汝綸、蕭穆、方宗誠等人批點。

本書以年代爲序，收同治十三年（一八七四）至光緒十年（一八八四）馬氏所撰論辯、序跋、書札之類文章二十三篇，多爲刻本《抱潤軒文集》所收。據范當世跋，原書四册，此僅存一册，然亦彌足珍貴。此本蓋爲其昶文集付梓之前呈送師友聽取意見的謄清稿本，天頭格外闊大，以備批點之需；而各家批語亦非盡爲褒辭，偶有『不必存』『未脱窠臼』之類字樣。馬三立批語盡題於書眉，吴汝綸、蕭穆等人批語則多爲另紙粘於文末。《抱潤軒文集》有宣統元年（一九〇九）石印本十卷，未收各家批點；又有民國十二年（一九二三）

刻本，亦爲馬其昶自定，收録各家批點，經比對，與此本有去取及文字異同。鈐印：琅邪大道王（王尚辰）、敬孚鑒賞（蕭穆）。

一冊

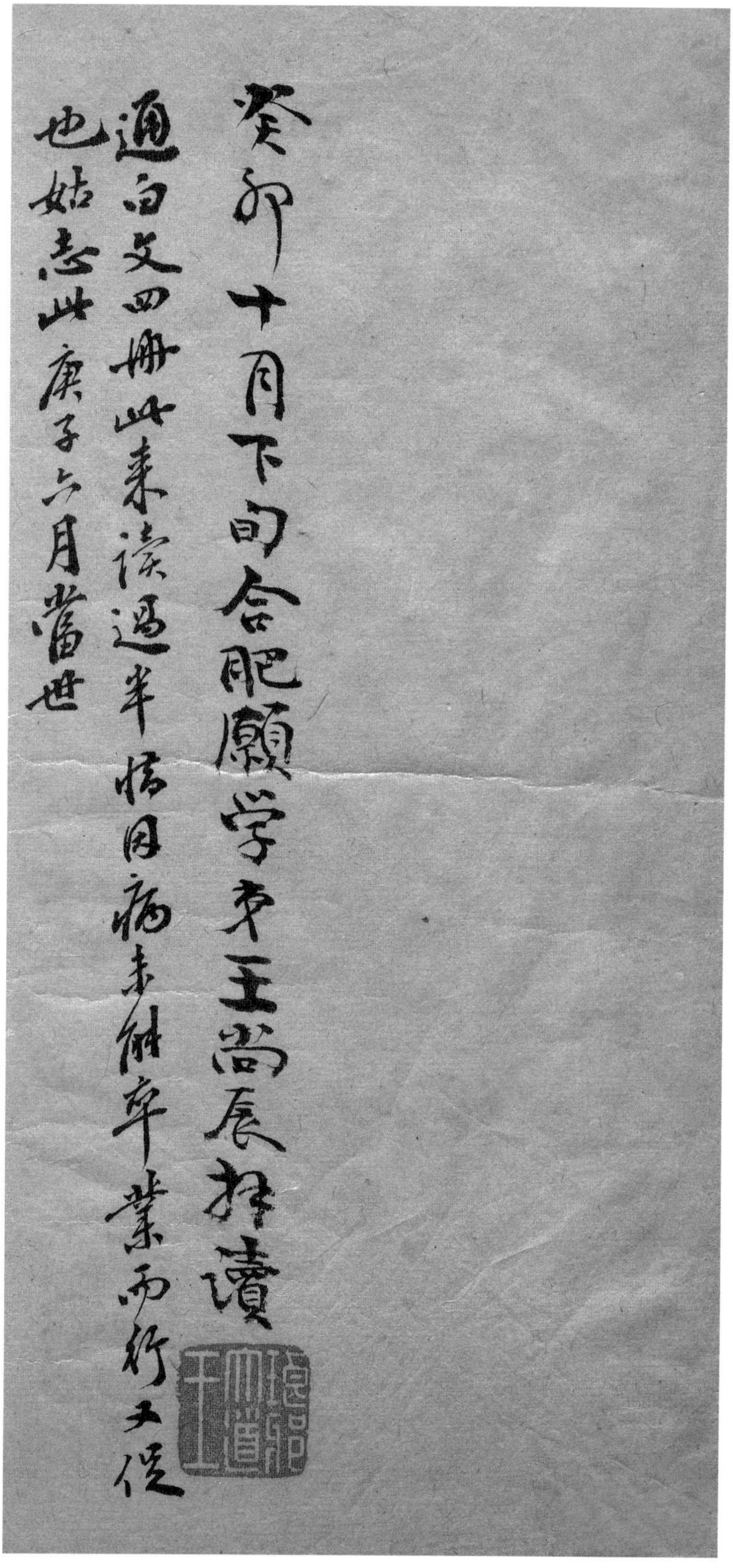

癸卯十月下旬合肥顧学東王尚辰拜讀
通白文四冊此來讀過半恨目病未能卒業而行又促
也姑志此庚子六月當世

抱潤軒文目一

甲戌

原學　雜說二首

乙亥

奉吳摯甫先生書　上孫琴西先生書

丙子

李泌論

丁丑

送阮仲勉序

戊寅

雪夜課經圖記
庚辰
荀卿論　讀法言
辛巳
書程節婦事　風俗論
癸未
答族兄質甫書　贈劉撫園序　贈鄭東甫序　先太
僕公逸事
甲申
先母行略　為人後辨　為人後者其妻為本生父母

服辨　庶子為其母黨服辨　為長子服辨　葬期論

先孝子公血書梵經跋後

意境平靜類

習之三立注

原學 甲戌 ○

今夫充天地中者人與物二者而已嘗試語於人曰子禽獸乎木石乎未有不怫然怒者然則其聖人乎則又必退然遜謝弗克勝也聖人亦人耳不以人自任是以物自處也人忤之則怒自忤之則安弗思甚矣而是人且曰予固人也吾嘗見夫猿之戲矣衣人衣冠人冠也動止則大類人吾烏知其心亦不自喜曰予人也耶悲夫吾之生二十年矣立今茲以觀前斯須也倍今之年四十矣再倍之六十矣後觀茲茲觀前也不足恃耳矣生果自今生耶上觀之不知其幾千年也有聖人焉其

擬刪廿句　立

道同也死果自今死耶下觀之不知其幾千年也有聖人焉其道同也道生則生道不没則不没天地無終窮聖人亦與之無終窮吾之壽不得到乎百年也壽而到百年終亦死耳此吾之所大懼也懼之則莫若勤學學之塗有四而異端不與焉曰考據曰詞章曰政事曰義理為此之學者則曰學焉者如此而已為彼之學者則曰學焉者如彼而已嘗試觀於天地之間有日月風雷雨露水火木石其高有山其深且大有海其物有飛潛動植而天地無所不涵今曰聖人之學必出於此一塗予不能無疑於其說也雖然此其中有本末焉操其本

所以貫通其末逐其末則必至於失其本義理者本也考據以明之詞章以著之而政事則義理之發揮於事業者也近世通儒之持論者猥以義理與此三者并列予又不能無疑於其說也人之患莫大乎不知學知學矣又莫患乎隘而不博博矣又莫患乎不知所統宗躡數級之臺所睇不出百步之外固未足以語乎天下之大勢也觀水者浮海憑高者登岱知流之無涯而泛涉於川瀆知山之隆崇而徧陟乎岡阜亦徒見其力之痡而已矣至於貌而襲之迹而託之衷桀而行堯而曰聖人聖人此又與於不學之甚者也幼焉而少少焉而壯

而老且死而竟不謀其所以立於斯世者人耶物耶予不能知之也

轉樣純生空處是有得於古人

此篇可不必存

縣邏有神致立

雜說二首甲戌○

有盜馬操戈入主人之室而刼其財主人則知備之矣備人之盜也奈何己亦盜之乎人之生也資澤有定哉[redacted]彼肆其欲而取快一時與陰覬於人而有之己者皆己之盜也吾烏知非盡其百年之所有者而預捐於一旦耶○今有十金於此日用其一可十日而支也乃一日九其用焉悲哉一日誠樂也將如之何而為九日之用耶○

輪迴施報之說有乎曰無有絶之乎曰勿絶令也夫教子教以無誑教者之道也嬰兒啼母恐之曰噬人者來啼

則立止矣輪迴施報之説所以止衆人之啼者也嗟乎人之為不善無所顧忌也久矣吾知其不善不為焉可也衆人者必先懾其心而後可劫而進之何則彼衆人固非知道者也知道之人固非佛所能惑也今學者不務行聖人之行第曰能詆佛聖人之徒也亦見其為滇人而已矣滇人慕京師意京里多冠蓋矣他日見貧賤者遠避之以為吾京師人也人則竊笑之故凡有慕于京師者慎自勵其行毋徒避貧賤為也

轉接不測

二首不必存

奉吳摯甫先生書 乙亥〇

其昶聞之文章之於天地其存之久暫乃至不可較量有存之數十年者有存至數百千年者此其故一視其得於天者之大小厚薄夫得其大且厚者積數十年靈淑清明之氣篤生一人而拔出於什佰千萬之中且使之早自顯達以表見於當世又不肯消磨其精氣久困之於錢穀簿書之內使之優游閒暇得大肆其力於古人而又往往壽考康寧久不死而閱人世之興廢夫天以是數者畀之於人於是其人之文章始足以不朽於天地不然優於彼而絀於此雖欲求大成而終不可得

使。之不能得者天也可以得乃或間以人事而不克承之者則非天也。然則文章之或成或不成天與人固亦有相權之數耶嗚乎何其難哉何其難哉昶不肖志於文有日矣凡當世諸有道博聞之士亦既知而嚮慕之矣前者接光儀退而嘆曰所謂得全於天而可以大有成者其在茲乎今先生抱不世出之才其成就已卓卓如此時雖出不久當且歸歸且享大年以極其才力之所至其必不肯久溺於仕宦以自負其天也豈顧問哉夫非其人喋喋以求知己者陋也有其人矣而交臂失之亦陋也此又其昶之所區區不能自已於左右者也。

敢錄所爲文二篇而先通其嚮慕之忱於此倘不鄙而
辱教之幸甚
出處幸不負期待學業則深媿此篇 海綸識

上孫琴西先生書 乙亥〇

其昶聞之山林閒放之士往往以傲自高尚是大不然公卿大臣果賢耶是不當傲賢也不賢耶夫安所容其傲且公卿大臣固朝廷所貴重矣以彼之爵不足抗吾德而傲耶庸詎知非己無可知而故匿其短也慢一夫且大不可將必傲公卿大臣之賢傲其賢固不知有賢知有公卿大臣而已夫公卿大臣之賢又士庶標準也而顧可傲之哉見其重則傲之與媚之同一有其貴也不見其重則彼與我皆賢也彼與我皆賢與其傲之猶有其貴不如兩忘於賢而化其迹或曰事非其人則失

季複盡意立

之干進毋寧傲而猶可自守是說也吾亦無以易之然
非所論其昶之於先生者敢錄其說以獻于左右惟垂
鑒焉不宣

此文源出戰國有志為孔子之徒
者當速悔之

李泌論 丙子 ○

唐時吐蕃入寇嘗為邊患李泌謀結回紇大食雲南與圖吐蕃令吐蕃備多能不用中國兵而吐蕃自困嗚呼泌之謀可謂深得天下之大計者矣昔者聖人知夷狄豺狼之性不可以先王之法治也故不與同中國使夷得居中國則吾之禍亟矣古未有夷狄雜處天下可以晏然無事者也至後世夷狄之禍尤甚吐蕃幸唐室之災陷河隴數千里之地又引兵入京城使人主蒙塵於陝天下之大竟坐制於數千百暴至之寇動搖其根本而莫敢誰何當是時宰相尚欲結吐蕃以攻回紇彼豈

精允之論 立

以吐蕃為可和以羈縻之哉鄉使非泌反覆陳說而其計竟行則回紇之怨既深大食必不可招雲南必不可復天下新承兵革之後財力俱匱吐蕃勢益驕必起而乘其敝據其要津藉制其官吏手揉而掌玩之則唐之為唐未可知也今有分盜以財匄其生者財不盡盜之欲不止何則彼所以窺吾之隙而生其欲利者固不僅如是遂已也且夫泌之心以為制夷者所以救天下之人也救天下之人而制夷遂不肯以制夷而困天下之人第使之不敢犯塞害民而已若窮天下力以逞志豺狼之國則仁人所不忍為也蝮蛇窟於深山人跡不接

之區必趨往以嘗其毒則可謂大惑矣夫以吾制夷君子尚有所不忍況使天下制於夷是又與蝮虵并處將為所噬嚙而不知也。嗚呼先王政教之不明久矣夷遂得乘虛而覬覦中國不求自強以勝之之術持怨而與之戰天下遂不勝其鬬爭之苦忍一時之辱以連和彼利吾之怯愈益肆其侵暴而快所欲。然則求所以弭夷患而又不勞吾民者殊未有全策也顧安所得如泌者與之深計天下事哉。

按切時事有長公之恣悍而不
讓於輕剽

学韓嫌未脱窠臼　立

此文詞理簡備，實不以肖韓為嫌　立霞讀　又記

8 送阮仲勉序 丁丑

孝於親，若於長，機智杜於內，中夷樂，豈溢乎色，粥粥若嬰兒，能孝無所稱，學不逐曹好，為學官弟子數歲，不隨人應舉，匹夫之庸行，俛焉以自勵，耆之而不捐，怪笑之而不阻，阮君其亦賢矣哉。阮君曰：吾嘗泛涉乎學，茫焉無涯，吾懼焉，吾故退而守吾拙。時舉以告其昶，其昶者固所云汎涉焉而莫得涘岸，又有深媿於阮君者也。嘗謂天地之大，鬼神之幽，推至一室米鹽之瑣，紛然難紀，按之皆原於性分，備於一躬，將悉萬殊之等，冥心以自操，膠焉而內固，執焉而罕通，終無以權度乎自然之則，

銖兩而當其分、故質之美者不踐跡、學不至者無由成。
於是阮君竊若思惝若失辭去不來者一年、其昶自得
交阮君、始大悔所學、而阮君亦深有意乎予言、一旦移
其家挂車山、來索言為別。挂車山予幼時嘗避亂於兹
外舅安福君近棄官隱其中、讀書養親有終焉之志、今
阮君舍其故居而又往也、試誦吾言於安福君以質之、

起突兀有奇氣著語亦精鍊不肯一字
猶人是學昌黎有得者

雪夜課經圖記 戊寅

吾友方鞠裳幼隨侍其先臨江守麟軒先生於任所於是臨江規畫既具百為趨功庭以無事往往為之評騭書史而夜不止是時鞠裳雖始學固已究悉根要其後先生乞病寓蘇州而鞠裳歸桐城嗣其叔父連婚余家余見鞠裳多記古事心嘗媿之同治壬申余遊浮山先生適歸里因得拜見於山下明年再見於江甯余方應省試先生大偉異余文後余再試再黜先生遇之益厚命鞠裳與余會文為課未幾鞠裳供職京師居三年汲汲無所試一旦心悸乞假省覲尅時日獨身走三千里

以歸而先生則已前歿矣余既別鞠裳有姚仲實者年少而才俊交厚於余與鞠裳同姻戚亦同余每對之輒益思鞠裳及聞鞠裳歸治喪浮山家祠則往慰之悼懷前事相與流涕鞠裳痛父之不可復見無以寄其悲思乃命工畫者追繪雪夜課經圖屬余為之記初余之見先生也方歸營此祠及余再至而先生之柩在焉知亡存亡之感蓋已極人世之悲傷而况父子之凝結於天性者耶宜鞠裳痛之之深也門庭之多故親養之難留雖聖人不能無所憾至於兢兢修已顯親揚名則固無間於親之存歿終身焉而已嗟乎鞠裳棄官疾走以歸

竟不得少伸其一日之志生存而不得養送死而不得琀此亦天下之至可悲者矣。繼自今歲月更易嗜欲攻於外而怵感將變乎中人情哀則返本而樂則易流異日者其或有流而不返者與抑尚思前者教育之艱懷今者終天無涯之恨而時有所肅然深念者與予欽鞠裳哀慕之篤懼其久而或漓故陳其往以貞其終俾鞠裳葆此勿失而予之無狀不克有所樹立一塞先生厚望又因以抒予之感云

此文題近歸熙甫真摯處尤為惻惻動人具徵良友規勸之義　葆田

古之人特說立教不一其端要皆奮發憤救時而設文能觀其大通氣息亦厚立

荀卿論

孟子之言性曰善荀子之言性曰惡何所言之異甚耶曰不異也是皆本孔子孔子曰繼之者善成之者性又曰性相近習相遠唯上知下愚不移孟子之言性天命之性也無不善也荀子之言性氣質之性也不能無惡雖然孟子曰形色天性非即所謂氣質者耶荀子曰塗之人可以為禹非即所謂天命者耶知塗之人可以為禹而又[redacted]曰性惡[redacted]何也性命之旨不明於天下久矣吾見其初之善而人第見其生之不皆善也則必有退託以自遁者矣責富人以財彼且曰吾貧也曰女誠貧也

而費不可已彼富者則無辭矣責人以性善彼且曰吾未嘗善也今稱曰惡庶賢者聞之當益勉而惰者亦可以警矣然而其說不足以警惰而其弊足以誣賢矣聖人之言言於此可通於彼故行之而可成遵之而無弊賢者鑒於彼以立言泥於此或不勝其失不察其指之所在第以其言有失也而執以為疵嗟乎荀子安所逃其責乎聖人之言不可幾矣賢者之言亦皆其所自得也下此者剽竊焉而已一切習為純美無疵之說而不必其言之有於己切於時夫言不有於己未有能切於時者然而較其純美或有遠過前代者矣若荀子者固道

知吾說一出終不免於詬病也乃其熟思審慮而卒出於此者憤時之心誠切而救時之意誠急也荀子之教也始於勸學終於崇禮可謂深得先王經世宰物之原矣懼人之不吾從乃矯為性惡之說使人勉焉以就吾學範吾禮夫所謂就學範禮者是也而抑知非性之善則學與禮皆後起而強人以本無尚安必其從哉吾於是知孟子之說之卒不可易也

論正而文亦入古穆識

識議獨出所謂縱
之而後言其欲立

讀法言　庚辰　○。

昌黎亞荀卿於孟子是誠篤論予讀荀氏書好之嘗著論明其恉若揚雄者昌黎推為大純與荀卿氏并舉後世尚論者卒不易其説自予觀之非其倫也方雄之草元譔法言寂寞傲睨陋巷之中湛思孤往彼遂真以仲尼自尸夫以聖人之道之大而雄乃欲以言語摹肖之當是時王莽亦竊擬周公條教誥令莫不依飾經術雄直為其所紿耳何則彼周公固仲尼所寤寐欲親見之者也高明之士往往躐求非常過分之等其蔽也或反昧於庸人之所及知王仲淹續詩與春秋朱子譏其欲

高簡畢括其所見云

為仲尼而不知漢魏不足為三代予謂世變雖大要在有所裒擇仲淹之志猶有取也雄之書則何為者邪雄豈汲汲於利祿者竊聖人以自尊巧相值而得莽卒以裂其生平悲夫使雄於文非出於摹肖一放意為之當愈可快然其詞要已工昔司馬君實好雄書稱其道孟荀不足擬蘇子瞻則并其文深譏之雄之長在此不在彼二公固皆知言之徒而所稱若此何哉

書程節婦事 辛巳

節婦秦氏夫曰程開謨世居桐城程家埂開謨耕天林莊携婦廬田側光緒七年夏開謨歸省親病死是時婦年三十一矣有子女二誓不嫁也一日翁携車來迎婦夜三鼓傭者呼婦起具飯婦曰中夜胡為者再呼再不應即聞夫兄某厲聲至排户且入婦大呼不可予即著衣起矣須臾拔關出則奔投阮大屋阮大屋者吾友阮强仲勉之居也仲勉有友曰程開振與開謨從兄弟假阮氏屋以居仲勉為人端潔自好開振慕其風及是婦欲往訴開振相距且一二里天晻黑不辨識道路乃被

動宕語神似
古人立
此段敘次尚亂
未甚高適立

縛置肩輿中婦大號痛棊殿其後[redacted]且歌[redacted]且行以亂[redacted]其聲先是開謨死未幾兄某謀嫁之署券矣其姑入室見人從後啼大驚奔出或曰噫是若子也或曰妄也是夕開振宿於館亦若有人推而踣之者明日日昃知之則婦已行矣事已不可為乃與仲勉諸人謀鬻田宅贍其孤耳婦既舁至所賣人家大罵數婦人擁之登堂堂上親朋咸至婦於堂上毀其神櫝數婦人執之好語慰之強為之飾容解髮則髮已於夜倉皇著衣時引刀斷之矣為更衣即手裂衣意堅甚且死罵不絕一家惶亂莫知所為不敢強乃宿於鄰三日開振等聞之大喜於是謀諸族長暨

里耆老毀券復以肩輿舁歸程家埂舊宅其夫柩方殯於寢堂未去也婦入門大慟觀者數百人皆欷歔泣下。僉命開振迎歸撫教其子亦遂附居阮氏之宅馬其昶

聞而敬曰能[illegible]

深明事體文氣與蘇氏爲近　葆田

始入室及歸還兩段氣精采

此文可上之國史館入列女傳　程識

里耆老毀券復以肩輿舁歸程家埂舊宅其夫柩方殯於寢堂未去也婦入門大慟觀者數百人皆欷歔泣下僉命開振迎歸撫教其子亦遂附居阮氏之宅焉其昶聞而歎曰嗟乎此可風也已乃書其事請於學官旌其閭以勵薄俗且以堅其末操云

始入室及歸還兩段最精采

此文可上之
國史館入列女傳 程識

氣體博厚立

風俗論 辛己

前乎吾者千百世後乎吾者千百世皆人與人相續而嬗焉者也接乎吾者閭里之邇[redacted]睽乎吾者四海九州之遠[redacted]皆人與人并立而生焉者也人與人相嬗古今以成焉人與人竝立宇宙以塞焉而其中獨有所謂聖者哲者則凡覺人之事屬之矣有所謂君者佐者則凡長人之事屬之矣此其才智勢位既高出乎人人而凡為人者亦遂屈伏而受命蟻附而羣趨因其志之所嚮意之所專遂翕然而蒸為風俗雖然風俗者其端甚微其終莫禦人之生也有口體耳目之欲則遂有聲色嗜味之好有

聲色嗜味之好由是有禮樂之節刑賞之施使其欲不
至放於無等人之情惟其未有以倡之也而後有所懼
而不敢鼠之竊狐之淫衆人者賊之宜其懼而不敢犯
然而天下之淫且竊者何多也而驕載路一馬奔踶羣
馬皆逸兩敵對壘一卒奔潰百卒從靡千畦之稻不能
無莠千夫之村不能無頑衆人之所不敢犯苟有一人
焉犯之則繼之者靡然起矣孔子曰始作俑者其無後
乎誠痛之也是故食取充饑稻粱非不具也進以庶羞
則山海珍錯不足於口衣取蔽寒布帛非不完也被以
文繡則白縠薄紈不足於體節之則情淡而日損縱之

則蹈欲無窮不陷溺天之衰不止故君子戒懼於隱微絕惡於杪忽委曲煩重不敢偷為壹切豈好為是拘苦哉誠懼其欲之縱而不可制已之患

自為人後辨至此五篇持論皆當均可載續皇朝經世文編　穆識

百人習焉百人密邇千人習焉習之所尚曹好之所趨而能堅己以獨行者少矣。嗟乎先王之遺俗存者萬一而已累世之聖哲君佐陶鑄之整齊之秝數十百年而始成及其敝也一狂夫庸人不自勝其一念之逾足以蕩民風而夷世教。是故君子在上則執度一世而大為則蹈欲無窮不陷滔天之姦不止故君子戒懼於隱微絕惡於杪忽委曲傾重不敢偷為豈功豈好為是枸苦哉誠懼其欲之縱而不可制己之德不立而人又將於己取效也世之人輒以為細行也忽之不然則曰吾一身何與人為夫一人之身竊通者豈啻十人十人竊通百人習焉百人竊通千人習焉習之所尚曹好之所趨而能堅己以獨行者少矣。嗟乎先王之遺俗存者萬一而已累世之聖哲君佐陶鑄之整齊之積數十百年而始成及其敝也一狂夫庸人不自勝其一念之逾足以蕩民風而夷世教。是故君子在上則執度一世而大為

之坊在下則堅貞碩立宏己之學而不惟獨善自完外
是二者大率戢戢之凡民其亦約身寡過焉可也雖無
與於長人覺人之數即亦何忍使天下風俗之始我靡
乎而況修然民上[redacted]實操風俗之權者哉

氣醇理充而筆法變化

平心以度理勢持議自少偏蔽然猶未許為閱歷有得之言也文氣特充盛　立

答族兄質甫書　癸未

曩者傳聞吾兄上海事私心甚不快因致書相規書詞切直寄書者乃不肯以達益以為恨古豪傑之士當落拓未遇時不自檢飭者多矣乃往往一旦悔悟卒能發憤自强立勳名於世然則前行固不足為兄累後閱兄家書果痛自懲艾吾固知其有此去年辱惠書得益詳悉近狀甚喜無量其昶以以辛巳冬來京師遂留應京兆試後又存視鞠裳之疾至今未能歸重以六叔奄棄南望悲痛略無好懷故闕然久不答來書為陳南越事勢既我不知為患甚大不惟相愛之篤溢於辭語即兄

之才略終必為世所需用可概見於此矣其為喜慰豈可言乎雅辱虛懷下詢其昶愚闇世事無所通曉安足與此雖然不敢不略陳所懷方今天下之勢有異於古古者世變固亦無所不備矣然其所以圖治而補救之者今古難易之勢不可同日而語也古之所謂蠻夷戎狄皆在要荒以內秦漢而降拓地益廣則患亦愈大然非其種類在中國者不能遽為吾害其來為害亦不能周知吾利病虛實何則沙漠之遥重洋之險彼固不能驟至也戰陣攻守之方固無殊絕大異者也非如今之輪艘火車瞬息千里沙漠之遥重洋之險如履庭戶而

自强之法本末條流甚多二策其一端耳然即行此而略得實效亦尚不至為今日之天下矣念之喟然 立

絕溝港軍械火器當之無敵叩關通市者百數十國計山川扼塞之形勝彼此共之朝畔約而兵夕至一國有故諸國環起古之謀天下者息兵固圉即可無事今之謀天下者非有自强制敵之術則不能一日以安豈非世變之極大而謀臣智士所當日夜而籌者哉夫所謂自强制敵之術何也外則遣使以采風覘國内則製器以奪其長技居今日而求禦夷之法舍是二者果猶有良策乎無有也必吾能得其情僞而後可謀必吾之長技能與之抗而後可戰能謀能戰操縱之權在我而後能自立國然則今日之遣使製器果遂足以謀且戰乎

吾又未敢信其然也國家歲耗不貲之費使者紛紛四
出所在設局製造機器既為禦夷不能外之策而又未
敢信其然者何也且夫治天下者有本有末有得有失
君臣父子夫婦之綱文物詩書之懿禮義廉恥之防堯
舜禹湯文武之所兢兢漢祖唐宗之所假以利導而中
國之所以為中國者更千百萬年莫之能易者也此所
謂本也精器械習技術講富强以為威天下守國家之
具此其末也務本而忽末不可也知末之不可忽遂以
務本者為迂圖則其弊更有不可勝言者矣世之儒生
不切究當世之務論高而無實二三大臣第欲挽回時

艱又或不暇計及其流弊而一切趨時赴功名者率皆浮誇嗜利之徒相與揚其波而助之燄深慮者退詘諂媚者登進天下靡靡從風循此而不變吾未知其所終極也且夫風氣之既開未有能遏之者也當其始各國閉關自治可也陵夷至今日既不能禁彼之不來則不得不因勢之所趨而急為之所譬之水焉未有歷數百年無南北之或徙者也當其南徙必遏使之北不可也順其勢而隄防之亦未至大為禍也見其南北之無定因而毀防決隄則泛濫潰裂必且益甚今之斥夷務者是遏使之北之類也今之習夷務者是毀防決隄之類

也聚天下浮誇嗜利之徒囂囂然唯吏務是習吾懼其有泛濫潰裂之患矣宜其費之日增月益而罕有成效可觀也今亦孰不知浮誇嗜利者未足任乎顧以儒者既無救時達變之才不得已而出於此嗟乎以浮誇嗜利之徒而期以救時達變不亦士之所大恥哉夫士方從學之始父師之所期冀朝夕之所肄業雖曰誦習聖人之言而皆懷利祿之見殫氣盡力以事無用之域不得則窮老以死得之則精力已衰出而任天下國家之事則又爭騖利祿以取償其初志之所欲得而多方巧飾於其外是故吾之所習者詩書也所重者教化也吾

之所操者本也而其失也上下相應以名夷之所恃以為國者商務之盛衰兵力之強弱也所操者末也而其得也則在能求實際非我之本不及彼之末也我之名不及彼之實也故凡天文測海算法輿圖製船造物有可以益商務而助兵力者無不日新月異竭全力以圖之非運其心思智巧則器無由工非工其造作煥其耳目則利無由得故其相與講求者器耳無所謂道也其相與計畫者利耳無所謂義也此亦至猥賤不足道矣然而其國日以盛強者名實之效異也夫以吾之積弱而惟務虛名既震慑其強悍而彼又日出其淫靡以炫

歐洲立國之大本大原實具有中國三代以前規模決非一於遐荒所能至其二尚以道德義利相比況似未及博觀

澴完仍祖於儒生故
常之見立

誘乎吾側則世俗之張皇崇奉固其理也獨奈何君子之持正論者亦惟恃虛憍之氣以輕棹之也哉然則為今之計果若何曰崇正學課實效而已遣使則博求忠慤之士有才勇可信任者而勿雜以浮夸嗜利之徒學藝則擇其事之便民而少弊者而勿染其華靡淫巧之習以吾之聰明才力懲往而毖終安在無博通奇傑之士出乎其間精其術而益上之耶夫既匡崇正道以培其原持之以慎而又慎之心以彌其隙天下之患庶其有瘳乎今吾兄奉委一再往越南是即使者之任也其能勿辱命而有異於世所謂出使者可決矣其昶於越

南事不深悉顛末且道遠不敢遥為擬議讀兄書嘱其平日有感於中者發憤一道承外間聞見日有紀錄能簡其尤要者寫以相示否語曰言忠信行篤敬雖蠻貊之邦行矣自古豪傑志士大有為於世者未有不築址於謹小慎微者也此固宜兄所夙聞而猶區區及此者乃重相愛助之意爾吾今謀出都計抵家當在春暮兄歸省之說果得遂否遠客異地惟强餐飯慎思慮自愛不宣

贈劉摭園序　癸未

君子之所以傑然而出於人人者豈有他哉自其一身之耳目百體推而至於倫物無一不納於禮焉而已矣夫禮者聖人導人心之自然而節文於其外劑輕重酌損益而定為中制者也稍或歉焉則吾心之所旁皇鬱積必有不能自遂者矣稍或溢焉則吾禮之所之必有違此而塞彼者矣是故君子之於行也未嘗斯須敢違於禮而君子之於禮也又未嘗斯須敢任於心夫豈舍內而求外哉誠知夫心之為物固不可使之無所據依也必諏之聖人之經而得其意稽之當世之典而觀其

條晰似朱子說理之文　立

通然後吾之發於中而著於外者庶幾無過不及焉爾吾之志於學有年矣然而耳目百體之爽其則倫物之未當其分者不可勝指也吾甚自恨吾之友有阮仲勉者質甚美行甚篤其所以際倫物而範其耳目百體者過吾遠矣然未能充以學問故今尚未有所成吾又為仲勉恨之既而來京師得其可以為師友者數人焉孫君佩南鄭君東父尤厚於予皆賢而能從事於禮者也最後得交鹽山劉撫園若曾予初識撫園見其衣布衣冠素冠躹躹而恭何其有似仲勉之甚也佩南又嘗稱撫園之孝行予益有意其為人久之始知撫園少孤已

郊秋赴省試母夫人歿於家撫園大慟終喪三年不食肉飲酒不內寢與予相見時喪除矣猶不忍釋服蓋至今不食肉飲酒不內寢者如故予與東父皆諫其過禮輒涕下不可止人不能終其詞也嗟乎風俗之頹薄久矣如撫園者其賢於人豈不遠哉君子不貴有遠人之行而貴得乎大中之制何則先王制禮不敢過也若人子不忍其父母之心豈直三年乎百年不能盡也故曰始於事親中於事君終於立身然則撫園誠能立身以終其孝所暨也則即抑情以赴先王之禮其可也予今者將歸里撫園重惜予去乞言以處之予謂撫園之得

於天者厚矣厚於天而求其所以成於人者舍禮之學而奚學哉雖然有歧焉而莫與析有過焉而莫與匡吾未見學之能成也吾友孫佩南鄭東父此兩人者可就而問焉是必有以益子矣抑吾今之歸方將偕二三故人益勵初志以讀書事親稍釋隱微之疚而又懼其力之未能自克也摭園有可以益我者乎

名通沖婉擅
惜抱之勝立

贈鄭東父序 癸未

宋儒出而聖人之道明宜學者畢出於此一途然而多歧者蓋學術之弊久矣秦燒先王之籍微言中絕儒者鑽研遺經畢生或廑通其章句若斯之難也故其所爲說皆純駁互見宋世大儒既興有以默契聖人於千載之上本其所力踐而心得者推闡以明之於是鄒魯相授之精旨崇朝講之而可畢夫言之愈明則剽而取之者亦易故漢唐諸儒一二言之當乎聖人非出於體驗之精不得也生宋賢之後患不行耳曼衍于言而竊其似亦豈難哉淺則入以耳出以口深則游意於太始之

原未嘗即物以求其則幾何不近理而滑真蕩焉而乏
實用乎夫自秦漢以來學術之離合區以別矣然各有
其不朽之實即莫不各有所得於聖人之道之一端知
聖人固陶冶衆善而莫名者也若姁姁然奉一先生之
說專己以自高欲尊聖迹其乃近於自尊欲明道而必盡
詘他人之道吾不知聖人果若是否也由前之說則必
至猖狂放恣陽儒而陰釋由後之說則必至如莊生所
譏河伯觀海云者於是聰明材傑之士意有所不厭輒
舉宋儒之默契乎聖人者鄙之不講而復從事於鑽研
破碎之為嗟乎易一獘而一獘生學術之不振也其不

由此與其昶每與友人鄭東父論學及此未嘗不慨馬深咎予以辛巳冬來京師得交東甫居年餘將歸去東甫告我曰吾子於學一歸命宋儒又深知前所云二者之失博觀百氏以竟其委不可謂不知所擇然吾願子益勉之矣其昶曰願子時發誦先儒之訓毋歧出毋阻初志願子齋益宏所業毋尺寸自隘兩人則皆敬諾雖然吾兩人者年不稱矣逝而不駐者歲也躬蹈之而覺其艱者行也繼自今人事日起而會合乃不可期異日相還則果能既其所言乎書以徵之

夫自秦漢以下拜泰熙矣

先太僕公逸事 癸未

其昶往歲校先太僕公奏略而重刋之因讀公明史列傳及何文端遺德碑記李忠肅銘幽之文慨然想見公立朝風采與夫居鄉行己之實是時宗老義津方館於城中多記往事暇時相與談公初釋褐知江西分宜縣事以逋賦褫職矣民聞而爭納三日悉完何其入民之深也義津君曰予家五世祖父母墓地予亦知所由來乎蓋公既歸隱分宜民頌德不忘則相聚而謀曰昔公大有造於我也今聞公歸貧甚吾儕豈無意乎於是爭括私藏得百錢以上或千錢計日而得錢數百萬邑緡

紳二人者持謁公欲以爲壽再見再不能言以退復攜之歸宜民爭來問公起居則曰我公無恙太淑人不幸歿矣公雖貧義不受金復攜歸矣僉曰固知公義不受金雖然必報德則又相聚而謀曰聞公求窀穸未得公子我民公之父母是我民大父母也吾儕豈無意乎於是乃中分其錢以其半聘習形家言者遍歷桐之岡阜求吉壤最後得一區山水環聚法當後昌遂以其錢之半買山署券約歸馬氏乃相與感服見公再拜獻馬公遂奉親合葬於茲山予家祖墓惟四世祖父母葬於高嶺及此山最吉往者元伯先生及汝祖通判公嘗言之

如此其祖幼時從大人掃墓亦竊聞之數數矣高嶺之得其事亦絶異述之者言人人殊不敢妄紀懼失其實獨三科松為分宜民所購買也守墓老人或猶能道之嗟乎民也且知感德不替況親為其子孫者而可勿敬念之哉公歿於崇禎癸酉距今二百五十餘年矣先世積累之深與後嗣繼承之不易族之人尚有能知之者乎蓋義津君之歿亦且踰歲矣此予之所以喟然增慨也公奏略既刊成又有遺像一軸玉簪一事至今尚存予家敬藏弆焉

先母行略 甲申 ○。

吾母張氏諱清徽字文卿文端公六世孫女外曾祖翰林院編修諱元宰外祖甘肅岷州知州諱聰梓母年二十一來歸於時家人內外且數十母躹躹其間無所觸迕即亦無所表襮數十年中凡經紀三喪三嫁再娶以至賓祭患難流離疾病醫藥無歲無有退然若無能然事亦無不舉者吾父性嚴毅即有不當詰責嗃嗃母屏息改為或從容自理不怨益虔即他人有犯壹務容忍尤無狀色或微慍終已不言奴僕老不任事亦不遣去曰若事我久不欲相遺棄也其與人不必有大施厚恩

意隆於物情溢於詞以故吾母之生皆樂親之及卒皆哭之
哀初母患腹疾其昶遠遊京師逾年歸疾益甚未幾疽
潰醫者謂法當可治然氣體羸憊已甚可若何其昶憂
惶不知所為計婦姚氏從弟婦吳氏各封臂肉和劑[redacted]
進[redacted]乃至庶母[redacted]亦旦夕侍疾惟謹皆以母撫愛之若女不忍
不以母母吾母也於是內外宗鄉益歎吾母逮下之仁
感人之切至難能矣母生於道光五年正月元日光緒
九年十月二十八日卒春秋五十有九凡生子女八人
產未彌月者亦八今存者一姊一妹在子惟其昶一人
而已母得疾即自度不起謂他無所冀第[redacted]及見吾兒

讀書稍有成得一抱孫即死瞑目矣傷哉吾母之所處其昶自有知識以來未嘗見其有可欣者今茲之病以氣體素羸然非因前者鞠育之艱亦何遽至是也詩曰哀哀父母生我劬勞以劬勞之故自傷其生焉傷其生以生一人而此一人者又不獲遂其垂老所僅欲慊之懷也此尤其昶之隱痛而自以不可爲人者也嗟乎將安訴此酷哉男其昶泣血述

沈摯立

犁然當於人心之文字

為人後辨 甲申 ○○

予家自九世祖西屏公為恕菴公長子傳至訓導公為適長者八世矣訓導公卒無子其祀奉王父命為之後於倫序實從伯父也後十年母氏吴宜人卒持服三年又十八年本生母張恭人卒有數弟皆殤矣請于官其祀得兼祧然格于例不得復持三年服也乃私痛而為之説曰為人後者之義何居乎重宗也重之則為之服斬而降其父母期示其義有所專云爾嗟乎父母天親也非人之所能為也不可得而更易也今於其伯叔父母或再從或族或無服疏遠之人而父母之焉於其父

毋而伯叔之焉人子之心其安乎哉然而先王曰大宗之統至重也不可絕也重於此則不得不輕於彼也蓋嘗論之宗法者與封建相表裏者也古者天子世天下諸侯世國大夫世家其繼世而為天子諸侯大夫者即為其天下國家之所宗者也天下之族不皆天子諸侯大夫也則推其大宗之適長而為宗子以統治其族其族而有蹶起為大夫者則又為繼別之宗故夫天下雖大如身[redacted]使臂臂[redacted]使指而不稍紊焉宗法行則庶姓有統一族無宗則一族之衆散而無紀天下者族與族相積以成焉者也一族無紀則天下之勢亦有所閡矣然

則天子也諸侯也大夫也庶姓之宗子也皆所以為統者也如之何其可絕也統不可絕是為後之義所自昉矣。禮曰為人後者孰後後大宗也曷為後大宗大宗者尊之統也其非大宗而亦為之後者非古也秦廢封建而郡縣其天下自其公卿大臣以下皆不能世其祿於是所謂宗子者或單寒愚賤不足以庇其宗而遂寖微寖廢勢使然也。封建壞於上欲宗法之存於下豈可得哉封建壞而宗法亡宗法亡而為後之義始濫為後之義濫而人之倫理幾乎其滅矣此古今世運之一大變也。何以言之古之為後者後大宗若小宗則舉從祖祔食之禮而不為之立後孔子曰凡殤與無後者祭於宗子之家。無後而得祭則亦不必後之矣惟大宗而後可後則為後者亦少矣。嗟乎父母天親也非人之所能為也不可得而更易也此先王之所以難之也。自宗子不能收其族則小宗之無後者未祔食而不得不其餒乎由是而降凡無子者莫不為之置後亦勢使然也宗法以維封建於下立後以濟宗法之窮封建既壞宗法不得不亡宗法既亡為後之義乃不得不濫。蓋宗無以聯雖其伯叔父母之親苟非號為父子云者未有不死而遺之者矣。於斯時也必舉小宗可絶之說以持其後亦人情所萬不便也然以不忍其無後者之心至抑其天性之愛且舉世皆然薄其所生而不之怪不誠為人道之大變哉。然則如之何而可曰古者有斬衰三年之服有齊衰三年之服其降是一等者則期服也斬不可貳故斬於大宗則服其所生父母期今之服斬者多矣如子之為母婦之為舅姑及繼母生母慈母養母之類皆斬也。所生父母縱不敢亢於所後而服斬比之慈養之母不亦可乎。明太祖定孝慈錄凡昔之服齊衰三年者或加入斬或降為期而此服遂闕并其名而亡之此又古今服制之一大變也。今誠為所後父母服斬衰三年以示為後之義為所生父母服齊衰三年以申人子無已之情而凡所謂慈母養母者仍服以齊衰以重斬衰之服而又可以略存周公服制之舊是一舉而數善集也夫先王制禮之義至深微矣非可以意增損之也今既不能一循先王之舊則必推考古今世變之所由以求得其天理人情之精安者予故妄為之說將以折中於知禮之君子

折中至當通變稱情可謂深知禮意

探追情變禮義以成其通論 立

為人後者其妻為本生父母服辨 甲申

婦人斬衰三年之服惟在室服其父既嫁則降其父而以服其夫又以祖禰之正體服其長子雖以舅姑之尊乃服止於期者有三從之義無專用之道也宋太祖時改舅斬衰三年姑齊衰三年明太祖并姑亦改斬衰而降其長子之服今律文因之夫聖人之制禮義精仁至非苟焉而已也顧氏炎武曰婦事舅姑如事父母而服止於期不貳斬也然而心喪則未嘗不三年矣故曰與更三年喪不去予謂經言不貳斬者皆當服斬而降為齊衰期者婦服舅姑從服也顧氏以降服言之非也乃其

昭山王氏專言婦為
舅姑服三年之失而
不甚察所以勵薄
俗其旨乃見無遺
戴立

言居喪之意則是矣人子之守親喪三年不入於內悲
哀不忘寢處不適雖（其痛如此）以嚴父之尊猶必三年然後娶以
達子之志況夫之重[redacted]（憂）未釋則婦之服雖止於期而其
居處飲食豈（三年之中亦必有所以達夫之志者）忍遽即於常故曰與更三年喪也後世禮
教益微人子之薄其親者所在皆是而況其婦乎乃從
而重其服制使知婦之於舅姑子之於父母其服同則
其所以事之者不容有二亦所以勵薄俗也雖然子為
父母三年婦亦為舅姑三年矣即繼母生母慈母養母
亦皆同於夫皆為之三年乃其夫服本生父母齊衰不
杖期而妻則大功不得與夫同服何也夫婦人之從服固

率視其夫降一等矣今不降其父母即名義之同於母者如繼母慈母之類亦不敢降而獨降其所生果何義耶且古者適子之爲庶母大夫以上無服士止於緦而已孝慈録改入杖期其妻之服亦同●是所生之親而不足比於是乎此尤理之不得其平者也聖人之制禮也初觀之亦若有可疑者及叅伍以求莫不有精意寓乎其間後王有作則每多抵牾而不安矣然觀其所以沿革之由蓋亦世變使然云●

義精辭足似望溪集中文字

達識雅辭与前二篇倆栩栩立

庶子為其母黨服辨 甲申

或問曰庶子得為其所生母之黨服乎曰可喪服記庶子為後者為其外祖父母從母舅無服不為後如邦人是也然則喪服傳何以無之曰是固不能概為之服也古之為妾者有辨大夫之姪娣士之長妾皆得服其私親其子之不為後者皆得服其母黨若買妾不知其姓則卜之者固已絕不與通安得復為之服是故深沒其文於正傳而旁達其情於後記以待處之者之自為權衡此聖人之微意也今律無庶子為母黨之服萬氏斯大據喪服記之文謂凡世之庶子皆當為母黨制服而又

推本修身遠色娶之以道俾子得服其母黨之親而無
所嫌其為說善矣然自三代以後不復有姪娣之媵其
所謂妾大抵益（微）賤世之名族孰肯為妾於人者必度其
子可以視為母黨之親而始得為妾則世之無子而求
妾者難矣且夫制禮之大端固將正名定分別嫌疑防
僭亂也。今律雖加庶子服所生母三年而削去其母黨
之服凡以嚴嫡庶之閑而已古者公妾及士妾服其父
母期故其子得為母黨服者從服也。今使庶子為母黨
服必先使妾得為其父母服而後可而其事豈可行哉。
今昔異勢喪制屢更不正其本而徒取末節行之轉見

甚多所牴牾且滋弊也其或所處情事有可為制服之道則援喪服記之文仿古姪娣長妾之例請於父與嫡母得命而後服焉可也萬氏謂天下無無母之人固也然欲申私恩於己母之黨無所顧慮而概為之服是無父也世之庶子不達斯義以抗其所生為孝不惟蔑視嫡母抑且無父實甚萬氏之說適足為其所藉口也其殆不足為訓哉

議禮諸篇可謂持之有故言之成理

極控從恢延之設
之說忠允集之
待言之

為長子服辨 甲申

斬衰者服父之服也不得服其母而以服其長子子為母衰三年必父歿而後可母為長子衰三年即父在亦然是何其輕重之不倫乎然而先王制服乃若是何也傳曰正體於上又乃將所傳重也又曰父之所不降母亦不敢降也蓋敬宗之為義大矣敬宗之義大故正適之統尊尊正適之統故為長子三年衆子期適婦大功庶婦小功雖以大夫之嚴而不敢降其祖禰之主所以正名分窒亂源也歷代以來未之或改也唐顔師古等乃請加冢婦期衆婦大功至今因之然其服長子三年者

仍自若也明太祖定孝慈録始改長子衆子皆不杖期至今因之然其冢婦衆婦之服又仍自若也。夫同一不杖期也則長子與衆子無别也而獨異冢婦之服於衆婦豈正適之統不係於子而係於婦乎。此何說也祖之服適孫期故為適孫婦小功服庶孫大功故為庶孫婦緦古之制也亦至今因之。夫長子與衆子之服既同則適孫與庶孫之服不得有異適孫與庶孫之服既異則長子與衆子之服何得獨同豈正適之統不係於子而係於孫乎。又何說也春秋桓公六年九月丁卯子同生胡氏安國曰適冢始生即書於策與子之法也與子者定於立適故有君薨而世子未生之禮植遺腹朝委裘而天下不亂者名分素明而民志定也公儀仲子之喪舍其孫而立其子子服伯子曰仲子亦猶行古之道也孔子曰否立孫鄭康成注謂周禮適子死立適孫為後由是觀之父之於子祖之於孫未有不加隆於其適者也其加隆於適孫者以其為適子之子也今降其長子之服以同於眾是無所謂適也子且無適更何有於孫乎古人正體傳重之義於是掃地盡矣卒致他日召強藩稱兵奪統之釁賈生曰禮禁於未然之前不其然哉

方懿文太子之卒也帝意欲立燕王學士劉三吾進曰

皇孫世嫡之子子殁孫承嫡統禮也帝大哭而罷使建儲立適之説不足泥耶則燕王之長且賢胡為舍之而不立也以正適不可奪耶又胡為降長子之服以等於衆子也此所謂進退失據自貽伊慼者也然則宜復古者三年之服乎曰宗法之不行久矣徒服子以父母之服人情之所駭也然則宜何服曰妻道也子道也一也妻服其夫三年而夫服以杖期子服父母三年而父母亦以杖期服之可也記曰為長子杖則其子不以杖即位則父為長子杖焉宜也為之期以成其為子之服為之杖期以别異於其衆子之服是猶愛禮存羊之意也

是劑其輕重之宜者也呂氏柟曰為長子不杖期其記
録之誤乎然兩朝之禮文律令皆如此不應皆誤也予
故從而極論之

論難既能分風擘流斷制亦極精審

此文可載續
皇朝經世文編 穆識

本人心所安以推礼意而盡其變故不狥高論不韋俗情乃可立

葬期論 甲申

葬宜定期乎曰親死而不葬人子之大罪也烏可以不定古之葬期七月五月三月踰月無或爽者今不能從何也葬地之難擇而其期迫也然則定期柰何曰期三年今律文亦有停柩不葬之禁矣而民不之畏以天下之不葬者多也勢不能一一按之罪則雖設是律空文耳三年之限獨非空文乎曰據禮經未葬不除服又略法周廣順之詔令已仕者不得赴官未仕者不得應舉庶幾其可懲矣必三年何也葬地之不易得也期之以三年則亦可以得矣夫終喪三年固當不治他事如是而

不葬則是不以葬為事也不然則是有大故也有大故
者人子之所深痛安忍仕進何子平是已不以葬為事
則不孝也不孝者罪之固宜第不許其仕進猶寬之也
曰周禮有冢人墓大夫之職凡公墓邦墓之地皆為之
圖而掌其禁令其葬也有定所無待於擇今必曰擇地
於古何徵乎曰孝經固有卜其宅兆而安厝之之文矣
徐氏乾學謂世數無窮而地域有限其勢必至於改卜
又有始遷之別子造塋而卜豈後世人卜一卯之謂哉
此其說甚辨矣吾恐其於聖人之意猶有所未盡也蓋
地勢之不同地之情也周禮所云大抵主中原之地水

土深厚故能大其兆域而行族葬之法不惟先王之制使然今之北方亦猶是也若江浙數郡山川峭薄即一棺之藏非精以求之患不免矣聖人俯察於地理而深知其不可强同故謀之卜筮以致其慎又兩存其義以待處者之各適其宜此其所以為聖人之經也且吾意冢人墓大夫既世其官掌其事則辨兆域正墓位之法亦必猶有其詳如詩所云相其陰陽觀其流泉者特無所謂禍福之說爾曰司馬文正為諫官奏乞禁天下葬書張無垢至欲律葬巫以左道亂政之辟歷代儒者亦無不深詆其衡今子所云得無戾於此乎曰自地勢不同

而相墓之術興相墓之術興而休咎之徵驗益起人子
不勝其禍福之心至有終身累世而不克葬其親者此
儒者之所以痛心疾首於斯也夫親死不葬而福蔭是
謀此誠不孝之大者也精其術以避諸患而藏吾親則
亦不可以已也吾讀禮經見古人之於喪禮蓋至慎矣
始死而襲襲而斂斂而殯殯而後葬極纖且細各有定
程夫自襲以至於殯若是其慎之也慎之也者所以期
成乎葬也至於葬而顧可不慎歟附身附棺之慎其事
皆可取辦一時至葬則一藏而不可復啟水泉之侵否
風蟻之不易預知也於此有術焉可以審形勢決取舍

豈非格物之一端而人子慎終者之所有事乎夫古者既有官以掌其事卜以決其疑不幸而有患且制有改葬緦之服吾於是知古人所以慎其葬者猶有非後世之所能及也其後程子朱子亦謂地不可不擇大儒之通論足為萬世法矣若徒徼希福不葬之蔽并其術之可以致慎於葬者而亦絕焉其毋乃因噎廢食者類歟呂新吾至謂朱子遷葬有福利之心為生平之一迷嗟乎求善地者安親也不惑於風水者為己名也已名與親體孰重今夫人之置一器也不得其安處雖再更之不為嫌況吾親體魄之所藏既已不安於心豈可幸其不見

而苟自欺乎若曰有福利之心是以親為市也曾是大賢也而忍以親為市乎哉

陳義絕精此所謂先王未之有而可以義起者也

葬地雖得嘗躬蚤求之親年不待然後用所謀可也

先孝子公血書梵經跋後 甲申

右先七世祖孝子公血書金剛經二分心經一分了義經上下二卷楞嚴咒四分楞嚴經三卷墨書楞嚴咒五分殘一分都十二冊謹按公諱懋襄字爾共明萬歷中縣學增生太僕府君子也年十一母包淑人歿哀毀甚以孝聞一時既長益勵於學太僕在官公家居鍵戶玉屏山莊跬步必飭行市中下至傭販亦斂跡循牆讓之每白衣省覲數千里以一力負襆被自隨時人比之袁閎趙至痛母不逮養刺指血書梵經三年晝夜然一燈跪古佛前懺誦又恐觸太僕府君悲也隱憫傷懷遂以

依抑悽惋之音聆之欲絕　立

成疾而卒　國朝勅旌孝子祀忠孝祠太僕府君既痛
子歿乃改建玉屏蘭若貯所寫經閱今二百五十餘年
再經兵火菴屢有興廢移置粵寇之亂予家無寸物留
遺獨展轉護藏此經及太僕府君遺像遺簪幸存無恙
光緒辛巳其祖檮至京師謹裝潢之其後二年其祖亦為
無母之人矣嗟乎人子當親之既歿欲自致其心與力
者蓋亦無所可致也聖人深知幽明之故而制為塗車
芻靈之屬聲臭祭享之儀凡以達人子不可奈何之思
而以致其心與力焉云爾自漢以來人人之心皆以佛
氏之法足為亡者利矣假如其術千萬萬億而有一之

效也天下皆用之而獨歉於吾親其能安乎。朱壽昌刺血寫經求得其母當時諸公大賢皆歌詠其事而稱之為孝夫壽昌之得母未必果出於佛力要其不可奈何之思固聖人之所許也嗟乎天下之不可奈何者縱心一往又孰暇計其他哉於是其昶展公手澤乃涕淚悲泣而謹誌之。

沈至文与情称

效也天下皆用之而獨歉於吾親其（能）安乎朱壽昌刺血
寫經求得其母當時諸公大賢皆歌詠其事而稱之為
孝夫壽昌之得母未必果出（於）佛力要其不可奈何之思
固聖人之所許也嗟乎天下之不可奈何者縱心一往
又孰暇計其他哉於是其祖展公手澤乃涕淚悲泣而
謹誌之